PIUS EHRENFELD
Hier beiße ich - und kann nicht anders

Fünf Storys, drei Utopien und ein roter Faden zu den Ein- und
Absichten des homo carnivorus

AF202931

Über den Autor:
Geboren im Rheinland, Schulstart kriegsbedingt in Belgien; in Holland auf Toilettenpapier Rechnen und Schreiben gelernt. Mäßiger Schüler: Träumer. Handwerksberuf. Nach drei Gesellenjahren: Da steckt mehr drin. Anstrengend: Hochschulreife und Studium. Geldbeschaffung in der Gastronomie. Start in der Industrie, Fachbücher. Auslandstätigkeit. Selbständigkeit und Lehrauftrag an einer Hochschule. Das Berufsleben formt: Systemanalysen. Hinterfragen bis zum Nerven, Fehler machen und daraus lernen. Nachdenken über Ungereimtheiten. Daraus entstand das Fundament des Buches „Das Erbe der Trugbilder".

„Hier beiße ich - und kann nicht anders" versucht, den Ursachen für ,Die Leiden des homo carnivorus' auf die Spur zu kommen.

Pius Ehrenfeld

Hier beiße ich - und kann nicht anders

Fünf Storys, drei Utopien und ein roter Faden zu den Ein- und Absichten des homo carnivorus

PIUS EHRENFELD
Hier beiße ich - und kann nicht anders

Fünf Storys, drei Utopien und ein roter Faden zu den Ein- und Absichten des homo carnivorus*

© Verlag: tredition GmbH, Hamburg 2017

ISBN

978-3-7439-0989-2 (Paperback)
978-3-7439-0990-8 (Hardcover)
978-3-7439-0991-5 (e-Book)

*) lat.: fleisch(fr)essender Mensch. Andere, ähnliche Bezeichnung: homo praedator, der Raubmensch

Inhalt

Die Storys

Die Mitwirkenden

- Nele Costers, Jahrgang 1984, Ingenieurin. Selbstbewusst, bisweilen auf Ausgleich bedacht

- Peter Collignon, Jahrgang 1983, Redakteur, neigt manchmal zum Polarisieren, weiß viel

- Fritz Strack, Jahrgang 1984, Berufsschullehrer, belehrt gerne, ist aber so gerade noch auszuhalten

- Dr. Bülent Demir, Jahrgang 1980, Arzt. Besonnen, wie Peter mit sehr guter Allgemeinbildung ausgestattet. Bülent ist der einzige Gläubige (Muslim, Alevit) in dieser kleinen, eher agnostisch oder atheistisch denkenden Gemeinschaft

Gestatten sie, ich möchte mich vorstellen:
Ich bin der ‚rote Faden'.
So etwas hatte J. W. v. Goethe bereits entdeckt und in
seinen ‚Wahlverwandtschaften' zur Kennzeichnung
einer alles verbindenden Idee in Anlehnung an den
durchlaufenden roten Faden im Tauwerk der
englischen Marine verwendet.

Der Schreiber dieses Buches hat mich installiert,
damit er den Fortgang über die einzelnen Kapitel
hinaus mit einfachen Mitteln und ohne aufwändige
oder weitschweifige Handlungen darstellen kann. So
hat er sich viel Zeit beim Schriftstellern eingespart
und ihnen, lieber Leser, auch beim Schmökern.

Ich bin also eine Rationalisierungsmaßnahme.

Was erwartet sie? In den ersten fünf Storys befinden
wir uns ungefähr in der Gegenwart. Unser Thema ist
ja der fleischfressende Raubmensch homo carnivorus
(andere nennen ihn auch homo praedator) und da
sind ein paar Besonderheiten dieser eigenartigen
Schöpfung festzustellen. Wir lernen einige der
Personen kennen, die uns hier beim
Erkenntnissammeln helfen wollen.

Nele hatte einen aufregenden Traum und erzählt Ihnen, was sie dabei gehört und gespürt hat.

Sie haben nun das einmalige Vergnügen, zwei Weltgeistern bei einem aufschlussreichen Gespräch über das Weltall, die Evolution und uns Menschen hier auf der Erde zuhören zu dürfen. Sind die Menschen ein unbeabsichtigter Zufallstreffer, ein unglücklicher Irrtum oder etwas wirklich Gelungenes, das nur noch auf seine Erleuchtung wartet? Vielleicht werden die Irdischen das nie erfahren.

Verblüffende Erkenntnisse warten auf sie in dieser ‚authentischen' Schöpfungsgeschichte! Aber: Haben wir Menschen das aus allen Zeilen hervorlugende spöttische Grinsen der beiden Weltgeister wirklich verdient?

I - Der Spott der Weltgeister

 Wo bin ich? Ich sah in die Weiten des Weltalls, unzählige Lichtpunkte schimmerten um mich herum. Ich schwebte frei und schwerelos im Raum. Vor mir unterhielten sich zwei unkörperlich wirkende Gestalten in einer Sprache, die ich seltsamerweise sehr gut verstehen konnte. Ich verstand auch die komplizierteren Aussagen der beiden auf Anhieb. Waren das Götter, Geister oder gar Dämonen, die da mit mir ihr Unwesen trieben?

Konnten sie mich, Nele Costers, sehen? Ich hatte nicht den Eindruck und verfolgte ihr Gespräch mit zunehmendem Interesse. Einiges von dem, was sie sagten, kannte ich bereits, aber das meiste war für mich absolut neu. Ich war aufs äußerste gespannt, welche Erkenntnisse ich noch gewinnen würde.

Tief im Weltall ...

Im Laufe des Gespräches verstand ich Folgendes: Die beiden nannten sich MAT und EVO, sie sind die im Verborgenen wirkenden Weltgeister, nach deren Ideen das ganze Weltall entstanden ist und sich noch weiter gestaltet. Sie sind zeit- und raumlos und nicht an die Begrenzungen von Lichtgeschwindigkeit oder Materie gebunden. Sie können offensichtlich jederzeit und überall sein und, ähnlich wie die Personen in Sartres „Les jeux sont faits" („Das Spiel ist aus"), an jedem Ort im Weltall und damit auch unter uns Menschen unerkannt einherwandeln und alles beobachten.

MAT erinnerte EVO an den gemeinsam beschlossenen Vorsatz, unter keinen Umständen in die Abläufe im All, in den Galaxien und auf den Abermilliarden von Objekten einzugreifen. Es fiel ihnen manchmal schwer, diesem Vorsatz zu folgen, wenn sie beispielweise die Tölpeleien der Erdbewohner beobachteten. Also, auch wenn es ihnen noch so notwendig erscheinen sollte: Sie bleiben so gut es geht neutral und unbedingt passiv.

MAT: „Merkst du eigentlich, wie auf der winzigen Erde etwas grundsätzlich unlogisch und falsch läuft?"

EVO entgegnete nichts, denn sie stritten sich bereits eine ganze Weile und er wollte, dass wieder Ruhe in die Gespräche einkehrte.

EVO hatte MAT vorgeworfen, ein phantasieloser Materialist zu sein, der stur auf seinen einmal gefundenen Abläufen besteht. Im Gegenzug warf MAT dem EVO vor, ein Chaos anrichten zu wollen, weil er entgegen der Absprache doch an die Notwendigkeit einer irgendwie gestalteten Intervention glauben würde.

Was war geschehen?

MAT hatte sich vor Urzeiten die Materie ausgedacht: Atome, Moleküle, Energie und die Naturgesetze gleich mit dazu: Physik, Chemie, Astronomie, um nur drei der vielen Disziplinen zu nennen. Die Materie lag am Anfang des Weltalls in unvorstellbarer Menge, Temperatur und Dichte zusammengeballt im großen Nichts und war sich selbst überlassen. Den gerade geschaffenen Naturgesetzen folgend dehnte sich das instabile Gebilde aus. Gigantische Energien wurden frei und es entstanden komplexe chemische Elemente, die sich zu Einheiten unterschiedlichster Größen zusammenfanden, wieder zerbrachen und neue Gebilde formten. Die Menschen haben irgendwann hierzu Begriffe wie Urknall, Sonnen, Galaxien und Begleiter wie beispielsweise Planeten, Kometen oder Monde geprägt.

MAT schaute zufrieden auf die Verwirklichung seiner Ideen. Vor allem freute ihn die unendlich lange Wirkungsdauer. Nach dem Urknall dehnte sich dieses Gebilde immer weiter aus. Ein paar Milliarden Erdenjahre später verlangsamte sich diese Ausdehnung, bis nach einem Stillstand das Gebilde wieder so allmählich in sich zusammenfallen konnte, um am Ende die Dichte und Energie seines Startzustandes – dem „Urknall" – wieder anzunehmen. Den gleichen Gesetzen folgend wiederholten sich dann die Vorgänge.

Energie und Materie des Gesamtsystems gingen weder verloren, noch vermehrten sie sich. Das System – die Menschen werden sagen: das Weltall, der Kosmos, das Universum – schwang mit einer Periodendauer von Dutzenden von Milliarden Erdenjahren. MAT hatte also etwas Ewigwährendes geschaffen und konnte ohne weiteres Zutun schauen, was daraus wurde. Es freute ihn, wenn ein Stern sich zur alles vernichtenden Supernova aufblähte oder riesige Nebel entstanden. Er bewunderte das Zusammenstoßen von Galaxien und das Verschwinden des Lichts in Schwarzen Löchern. Das Ganze war für ihn ein wohlorganisiertes System, in dem in einzelnen Bereichen durchaus ein Chaos herrschen konnte. Hört man da einen Widerspruch heraus?

... entsteht Leben ...

Es entwickelten sich im Laufe der Jahrmilliarden auf
einem der Planeten, dessen spätere Bewohner ihn „Erde"
nennen werden, neben vielen anderen Stoffen auch besonders komplexe Moleküle, welche die Phantasie von EVO
anregten.

EVO suchte schon eine Weile nach etwas, was in der Lage
war, aus dieser strengen Systematik des Weltsystems
zumindest begrenzt auszubrechen. Das von MAT erfundene
Werk erschien ihm bei aller innewohnenden Dynamik doch
zu sehr vorbestimmt. Von den erzeugten und sich replizie-
renden, tolerierenden oder zerstörenden Elementen selbst
ging keine schöpferische Initiative aus. Sie waren den Naturgesetzen unterworfen, stellten diese auch nie in Frage:
Keines dieser Dinge verfügte über Kreativität und schon gar
nicht über ein Bewusstsein. Diese neuen, komplexen Moleküle auf der Erde bildeten den von MAT gestarteten Schöp-
fungsprozess im Kleinen und auf einer niedrigeren, über-
schaubareren Ebene ab.

EVO sah vor allem die wesentlich kürzeren Zeitabstände,
in denen durchaus Wesentliches entstehen könnte. Er nannte dies „Leben".

Die neuen Kreationen hatten die Fähigkeit, sich auf
niedrigster Ebene zu replizieren und höhere Gebilde und
Funktionen zu erzeugen. EVO stellte einen Vergleich an:
Während das Erzeugen neuer Elemente in MATs Lieblings-
welt der energieintensiven Kernfusion bedurfte, geschah
das Erschaffen neuer Lebewesen auf wundersame, aber un-
spektakuläre Art gewissermaßen im Kleinen. MAT interessierte sich allerdings nicht sonderlich für diese Entwicklung,
weil er der Überzeugung war, dieses „Leben" sei unfähig,

über einen längeren Zeitraum fortbestehen zu können. Er dachte halt in Jahrmilliarden, EVO eher in Jahrmillionen.

Aus den anfänglich simplen biologischen Strukturen entstanden zunächst Einzeller, dann Mehrzeller, schließlich Pflanzen und, gewissermaßen als mobile Krönung, die Tiere. Alle diese Lebewesen hatten eine artenspezifische Lebenserwartung, sie benötigten zu ihrem Leben als Nahrung Stoffe der verschiedensten Art. Die Pflanzen ernährten sich von dem, was das sie umgebende Wasser oder der sie tragende Boden bereithielt. Zunächst ernährten sich die Tiere ausschließlich von Pflanzen. Dann begannen höher organisierte Tiere vor allem ihren Nachschub an Proteinen durch das Fressen anderer Tiere zu sichern. Das war im Endeffekt einfacher, obwohl die Evolution einiges umstellen musste: Der Verdauungsapparat musste sich an die neue Kost gewöhnen und der Bewegungsapparat hatte sich an die Erfordernisse der Jagd anzupassen.

Die Jagd war also geboren und damit die Unterscheidung der Tiere in Beutetiere und Jäger. Die Menschen werden später diese Jäger folgerichtig auch als „Raubtiere" bezeichnen. Da zahlreiche der Jäger von größeren, schnelleren oder auch schlaueren Jägern selbst als Beute genommen wurden, entstand eine Nahrungskette – eine Fresskette. Bewundernswert, wie sich der Bestand der durch das Auffressen dezimierten Arten durch vermehrte Produktion von Nachkommen wieder erholte.

Auch MAT, der dieser ganzen Entwicklung nach wie vor kritisch gegenüberstand, anerkannte die Genialität des Verfahrens.

EVO beobachtete genau das Geschehen auf dem Planeten Erde. Nach vielen Millionen Jahren entstanden sogar sozial organisierte Herden: Insekten, wie Ameisen oder Bienen, bildeten kleine Staaten, die arbeitsteilig organisiert und als robuste Gruppen eine hohe Überlebenschance hatten. Bei den Säugetieren jagten die Wölfe im Rudel und hatten feste Regeln für die Verteilung der Beute entwickelt. Aber auch in kleineren Einheiten entwickelten sich nützliche Verhaltensweisen. So halfen sich Schimpansen in kritischen Situationen gegenseitig, ohne die Schwächen des Partners auszunutzen. Die Empathie, das Mitfühlen, war geboren.

... und mit ihm die Evolution

Der hinter diesem äußerst erfolgreichen Wirkungsprinzip stehende Mechanismus wird später von einem genialen Menschen als universelles Wirkungsprinzip erkannt: Charles Darwin beschrieb diese „Evolution" als Sieg der am besten angepassten Lebewesen über die Schwächeren, die Unangepassten.

EVO war von vielen Details der Evolution fasziniert, so lobte er z. B. die geschlechtliche Vermehrung, bei der ein weiblicher und ein männlicher Partner beteiligt sind, als ein großartiges Beispiel für die der Evolution innewohnende Kreativität. Die zunächst verwendete Vermehrung durch Zellteilung oder Knospung hatte einen entscheidenden Nachteil: Die Nachfahren verfügten über die gleichen Erbanlagen wie ihre Eltern. Bei dieser starren Festlegung der Veranlagungen konnte nur schwerlich eine Anpassung an sich ändernde Lebensbedingungen stattfinden. Hatte sich in einer Fortpflanzungslinie einmal ein Fehler eingeschlichen, so wurde dieser solange weitervererbt, bis die betroffenen Lebewesen keinen weiteren Nachwuchs mehr haben konnten, also ausstarben. Bei der geschlechtlichen Vermehrung treffen zwei unterschiedliche Erbanlagen aufeinander und es entsteht ein neues Wesen mit anderen Eigenschaften, die entweder besser oder schlechter an die Lebensbedingungen angepasst sind. Die Auswahl geschieht dann gemäß den Gesetzen der Evolution: Der Stärkere überlebt, der Schwächere geht unter.

MAT war zwar immer noch halbwegs angetan, aber ihm grauste vor der zu erwartenden Komplexität dieses „Lebens". Dagegen erschien ihm sein restliches Weltall wesentlich leichter verstehbar.

EVO schwärmte weiter und beleuchtete ein wichtiges Detail etwas genauer: Alle rudelbildenden Arten entwickelten Mechanismen zur Festlegung der Rangfolge. Ein dominantes Tier übernahm die Führung des Rudels, bis es von einem anderen, stärkeren Tier zu einem Kampf um die Rangfolge aufgefordert wurde. Denn im Daseinskampf hatten nur die Rudel überlebt, die von einer fähigen Führungspersönlichkeit an der Spitze geleitet wurden, in denen alle anderen Rudelmitglieder diese Führung auch akzeptierten und welche die Nachfolge im Todes- oder Krankheitsfall zügig zu klären im Stande waren. Vereinfacht: Einer führt und die anderen unterwarfen sich. Ein Mittel zur Auswahl des Bestgeeigneten waren beispielsweise Rangkämpfe, bei denen es nicht nur um physische Stärke, sondern auch um Listenreichtum ging. Für das Verständnis der weiteren Entwicklung ist noch folgende Feststellung von großer Bedeutung: Die intellektuellen Fähigkeiten der Individuen einer Art waren für den täglichen Bedarf völlig ausreichend. Ihr Gehirn meisterte alle im Alltag auftretenden Probleme, steuerte Triebe und Emotionen und konnte sich nach gehabter Anstrengung im ruhigen Dösen erholen.

Ein Gehirnüberschuss mit Folgen:

So wäre das noch Millionen Jahre weitergegangen. Weniger erfolgreiche Arten verschwanden für immer, neue besser angepasste entstanden und innerhalb der Arten wurde eifrig verbessert, das heißt an sich ändernde Umgebungs- und Nahrungsbedingungen angepasst.

Das Leben auf der Erde war nie durch die Populationen selber gefährdet, nur spontane Großereignisse wie Meteoriteneinschläge oder gigantische Vulkanausbrüche hätten dem Fortbestand des Lebens ein Ende bereiten können. Alles andere wie beispielsweise die Schwankungen der Umgebungstemperatur geschah im Vergleich zur Generationenfolge der Lebewesen sehr langsam, dadurch konnten sich diese anpassen. Wie gesagt: Einzelne Arten und Gattungen konnten durchaus auch verschwinden, kaum jedoch die gesamte Population.

Irgendwo und irgendwann in dieser evolutionären Entwicklungsreihe passierte nun Folgendes: Vermutlich durch Veränderungen im Nahrungsangebot (beispielsweise dem Übergang von dicht besiedelten Waldgebieten zu den großflächigen Savannen mit größeren Entfernungen zwischen Beute und Jäger) zeigten sich Tiere mit größeren Gehirnen erfolgreicher als andere – man denke etwa an die Jagd von Beutetieren. Die Träger größerer Gehirne konnten im Lauf eine ebenfalls rennende Beute durch einen Steinwurf häufiger erlegen als andere, weil ihr mächtigeres Gehirn die Bewegungen des Beutetieres (auch die zu erwartenden, bevorstehenden) mit den eigenen Bewegungen und vor allem dem Bedienen von Wurfgeschossen besser abstimmen konnte. Diese Gehirne erbrachten zunächst nur in besonderen Situationen höhere Denkleistungen, wie sie im normalen Alltag nicht erforderlich waren. Ein absoluter Vorteil. So hätten die Gehirne weiterwachsen können, wenn die ansteigende Kopfgröße nicht durch den engen Geburtskanal der Weibchen seine Grenzen gefunden hätte. So brutal können die Gesetze der Evolution wirken: Blieb der zu große Kopf im Geburtskanal stecken, brachte das sowohl der Mutter als auch dem Kind den sicheren Tod.

Was macht nun unser schlaueres Wesen – wir wollen es der Einfachheit halber „Mensch" nennen – mit seiner größeren Denkmaschine im normalen, weniger stressigen Alltag? Zwischen dem Jagen, Fressen und Replizieren war Muße für Tätigkeiten, die nichts mehr mit dem Überlebenskampf zu tun hatten, also heute auf der Erde mit „Freizeitbeschäftigungen" gut umschrieben sind.

MAT intervenierte heftig: Die Entwicklung dieser Spezies führt sicher in eine Katastrophe, wenn alle Individuen über wesentlich mehr Denk- und Merkvermögen als zum Überleben notwendig verfügten und keinerlei stringente Regeln für die Nutzung dieser Fähigkeiten existierten. EVO verwies auf die geniale Evolution, die das schon irgendwie richten würde.

Die Menschen fingen an, über sich und die anderen nachzudenken, erkannten die Endlichkeit ihres Lebens und fragten sich, was wohl danach kommen könne. Vor allem aber fragten sie sich, wie man sich das Leben bequemer machen könne. Anders ausgedrückt: Wie kann man Wege und Kniffe finden, andere für sich schaffen zu lassen. So mancher Häuptling wird sich auch überlegt haben, wie er seine Macht auch nach den ersten leichten Schwächezuständen aufrechterhalten konnte, damit er sie nicht bei

den Rangkämpfen mit jüngeren und stärkeren Rivalen frühzeitig wieder verlor.

Die Menschen erfinden Götter ...

Die Menschen fragten weiter: „Wie ist überhaupt die
ganze Welt entstanden?" (Ihre Vorgänger hätten eine solche
Frage nie gestellt!). Das lässt sich durchaus weiter vertiefen,
darum machen wir es kurz: Ein besonders befähigter –
großhirniger – Häuptling dachte sich Folgendes aus: Ich
werde meiner Sippe von einer Art Oberhäuptling berichten,
der zwar für alle unsichtbar ist, trotzdem aber existiert und
unsere ganze Welt geschaffen hat, Regeln für das Zusammenleben aufgestellt und (besonders wichtig) auch dem
Häuptling zu seinem Amt verholfen hat. Wenn er schlau ist,
und davon dürfen wir ausgehen, wird er mit dem nötigen
geheimnisträchtigen Tamtam eines Tages von einem
einsamen Treffen mit diesem Oberhäuptling, abseits von der
Siedlung der Sippe, in einem dichten Urwald oder auf
einsamer Höhe, zurückgekommen sein und mit Hilfe von
mit magischen Zeichen beschriebenen Holz- oder Steintafeln
streng die zu befolgenden Regeln verkündet, die dieser
Oberhäuptling für alle geltend soeben erlassen hatte. Dieser
Oberhäuptling wisse nicht nur alles, sondern er lege auch
unumstößliche Gebote fest, die das gesamte Zusammenleben regeln. Der Häuptling weist auf die besondere Bevor-
zugung seiner Sippe hin, weil der Oberhäuptling genau
ihnen diese Erklärungen zuerst gegeben habe. ,Wie sieht er
denn aus?', fragten die Mitglieder der Sippe beeindruckt,
und er antwortete, er dürfe dies nicht sagen. Überhaupt solle
man sich kein Bildnis vom Oberhäuptling machen. ,Gibt es
denn noch andere Oberhäuptlinge?' ,Nein! Und wenn doch,

dann dürft ihr auf keinen Fall auf das hören, was diese euch sagen!'

Gott oder die Götter waren geboren! Die angeblich von diesen höheren Wesen geschaffenen Regeln werden später in der Entwicklung der menschlichen Gesellschaften als „Religionen" bezeichnet werden.

... und suchen nach Gottesbeweisen – ein Widersinn!

MAT schaute EVO vorwurfsvoll an und fragte, ob die Menschen damit wohl sie, die unsichtbaren Weltgeister gemeint haben könnten?

EVO eindringlich: „Die kennen uns doch nicht, werden uns nie erkennen können und suchen nur eine abstrakte, über ihnen stehende Instanz zur Beherrschung ihrer eigenen Unzulänglichkeit!" Ich bin mir sicher, sie meinen so etwas wie uns und liegen damit doch völlig daneben. Wir sind die Krönung dessen, was sie später Naturwissenschaftler oder Ingenieure nennen werden. Zugegeben, ihre Besten, zu denen beispielsweise Albert Einstein zählt, waren uns schon dicht auf der Spur, aber um alle Gesetze des Alls zu verstehen ist auch der größte ihrer Köpfe zu klein."

MAT nachdenklich: „Ist dir klar: Sie haben Disziplinen geschaffen, die uns völlig unbekannt sind. Ich picke einmal Ethik und Moral sowie Religion und Spiritualität heraus, die wir für unser Wirken überhaupt nicht benötigen. Diese Disziplinen gibt es nicht generell in unserem Weltall. Sie sind menschenspezifisch und entstehen überhaupt erst durch die Folgen ihres Denküberschusses. Wir haben diese Disziplinen ja erst durch sie kennengelernt. In diesen

Wissensgebieten sind uns die Menschen haushoch überlegen. Gegenüber großen Geisteswissenschaftlern wie Gott-
fried Wilhelm Leibniz oder Immanuel Kant sind wir beiden
echte Dilettanten. Leibniz und Kant versuchten die Probleme der Menschheit zu verstehen, aber auch sie konnten
vieles nur erahnen, nicht wissen."

EVO bestätigte: „Man führe sich die Problematik einmal
vor Augen: Da erfinden die Menschen ein göttliches Wesen
oder gleich mehrere davon, um mit ihren Unzulänglichkeiten fertig zu werden. Sie waren sich sicher: Diese Gebilde
sind ihnen in jedem Fall und auf *allen* Wissensgebieten
überlegen. Großartige Musikschöpfungen, so glaubten sie,
sind beispielsweise nur möglich, weil Götter die musika-
lischen Begabungen erschaffen haben. Dabei sind wir absolut unmusikalisch. Alles falsch: Gott, wenn man ihn schon
unbedingt personalisieren muss, ist "nur" ein exzellenter
Himmel*stechniker*!

Auch in Sachen Religion sind wir beiden
,Götter' völlig unbegabt. So etwas gibt es wirklich nur
bei den Menschen auf der Erde.

À propos Musik: Da haben die Menschen etwas erfunden, was uns völlig abgeht. Tonfolgen und insbesondere
zwei oder mehrere Töne gleichzeitig in ganz bestimmten
Tonhöhen regen sie emotional stark an. Auch die Aufeinan-
derfolge solcher Klanggebilde spielt eine große Rolle. Woher
diese Fähigkeit zur Erzeugung und Erkennung komplexer
Tonfolgen kommt, haben wir zwei irgendwie verschlafen,
vielleicht hat die Evolution diejenigen Menschen bevorzugt,
welche über gemeinsam erlebte angenehme Emotionen ihre
Gruppenzugehörigkeit auf vergnügliche Art vertiefen

können. Auch gemeinsames Singen und später noch das Musizieren auf Instrumenten trägt zum Zusammenhalt bei. Einen Teil ihrer Emotionalität haben die Menschen von ihren tierischen Vorgängern übernommen. Trotzdem: Alles, was mit Gefühlen zusammenhängt wie Religion, Spiritualität, Liebe und Musik kann genauso wenig von uns kommen wie die von den Menschen oft heraufbeschworene Agape, die Gottesliebe – die gibt es eben nur in ihren Köpfen."

MAT: „Na, sei doch ehrlich, so ganz ohne Emotionen geht es bei uns beiden doch auch nicht. Ich merke doch, wie du dich ärgerst, wenn ich das von dir so hoch geschätzte ‚Leben' etwas mitleidig betrachte und ich sehe auch deine Freude über einen gelungenen Fortschritt in der Evolution. Aber Hassen oder vor Liebe verrückt spielen wie die Erdbewohner können wir nicht, auch wenn wir es wollten. Aber der Überfluss an Emotionen bei den Menschen wird böse Folgen haben und ich sehe Schlimmes auf die Erdbewohner zukommen! Können sie doch ihren überschüssigen Verstand durch eine gehörige Portion Emotionen nahezu vollständig lahmlegen.

Aber vielleicht rotten sie sich ohnehin aus, dann können wir uns wieder wohlig zurücklehnen!

Schau dir doch einmal diese Anmaßungen an. Sie stellen sich die Entstehung der Erde, des Alls und ihrer eigenen dürftigen Existenz als Schöpfungsakt eines Gottes vor, der dies dann ja auch auf anderen erdähnlichen Trabanten im Weltall tausendfach wiederholen müsste. Millionen Arten von Lebewesen vom Einzeller bis zu den großen Tieren wären zu gestalten und auf vielen passenden Planeten unseres Alls zu etablieren. Schließlich behaupten viele Religionen, Gott kenne jeden einzelnen der Milliarden von

Individuen (Man muss auch alle die seit Urzeiten Ver-
storbenen dazu zählen). Er bewertet und be- oder verurteilt
sie. Warum sollte sich ein Gott eine solche Aufgabe überhaupt zumuten? Eine an Dummheit nicht zu überbietende
Antwort lautet dann: ‚Er ist halt allwissend und allmächtig
...‘ Die Intelligenz der Menschen reicht ja noch nicht einmal
aus, um sich in die Vorstellungswelt ihrer Hunde hineinzudenken und dann wollen sie wissen, wie ein Gott funktioniert?

Die Menschen, zumindest die religiösen, haben die Frage
nach einem Beweis der Existenz Gottes immer leiden-
schaftlich diskutiert. Für die Religionsschöpfer der ersten
Stunde war die Frage schnell beantwortet: Es gibt keinen
Gott, denn sie hatten ihn ja selbst erfunden. Aber spätestens
nach zwei Generationen war die wirkliche Entstehungs-
geschichte der Religionen und ihrer Götter vergessen und
man sann auf Beweise. Auch wieder eine verzweifelte
Ersatzbeweisführung: ‚Man kann ja auch die Nichtexistenz
des Gottes oder der Götter nicht beweisen‘. Nicht gerade
sehr geschickt.

Da ist der folgende Scheinbeweis, der in vielen Varia-
tionen immer wieder auftaucht, weniger leicht zu ent-
kräften: Ein Kind, so um die zehn Jahre alt, bangt weinend
um den Verlust seines schwer erkrankten Lieblistieres und
ruft: ‚Lieber Gott, mach meinen Liebling wieder gesund!‘
Wenn dann auch noch das Tier wieder geheilt wird, dann
zeigt dies allen Beteiligten die Kraft eines höheren Wesens.
Im Falle der Nichtheilung finden sich sicher auch noch
Erklärungen wie: ‚Dann hast du nicht innig genug gebetet!‘
Die richtige Erkenntnis wäre gewesen, die Evolution lässt

den Menschen eine gewisse Sehnsucht nach einer überge-
ordneten Instanz angedeihen, um den sozialen Zusammenhalt zu stärken und die Unterordnung unter einen Anführer
zu erleichtern. Aus einer solchen Sehnsucht allein kann man
auf keinen Fall einen Beweis für die Existenz einer göttlichen
Instanz herleiten."

„Was hältst du von der folgenden Beweisführung?"
fragte EVO: „Da sind die vielen, sich teilweise gegenseitig
bekämpfenden Religionen! Einem *göttlichen* Religionsschöpfer wäre so etwas sicher nicht passiert und dieses Chaos
offenbart die typisch menschliche Beschränktheit!"

Sie beobachteten das spannende Geschehen auf der Erde
weiter. Solche Gottfindungen entstanden über einen langen
(irdischen) Zeitraum an vielen Stellen der Erde unabhängig
voneinander. Das Aufeinandertreffen unterschiedlicher Religionen hatte dann auch teilweise katastrophale Folgen für
die einzelnen Sippen und Völker. Dieses Verhalten der Menschen hätte ihnen eigentlich schon als Beweis für das Fehlen
eines Schöpfergottes ausreichen müssen.

MAT: „Es gibt noch einen trefflichen indirekten Beweis
für die anthropogene Ursache dieser Gottwelten. Schau dir
doch einmal die Organisationsformen an, die sie für ihre
Himmel und wohl auch für ihre Höllen erschaffen haben.
Bei den alten Ägyptern findet man bereits ein strenge Hie-
rarchie von Gottwesen, exzellent ausgebaut haben dies dann
die Völker der europäischen Antike. Da thront ein dauer-
geiler Göttervater Zeus ehrfurchtsfordernd inmitten eines
beachtlichen Pantheons von Göttern, Halbgöttern und anderen dienstbaren Geistern. Mehr oder weniger bereitwillige
Gespielinnen fanden sich, nachdem Zeus sich genüsslich
ihrer bedient hatte, als Pflanzen oder Tiere wieder, damit sie

von der immer eifersüchtigen Göttervaterehefrau (und
Schwester!) Hera nicht entdeckt werden konnten. Diese war
jedoch schlau genug, einige der Seitensprünge zu erkennen
und geizte nicht mit Bestrafungen – natürlich für die Gespielinnen, nicht für den Zeus. Auch einige Naturphänomene
wurden anschaulich als Folgen göttlicher Taten beschrieben.
Woher kommt die Benennung ‚Milchstraße' für die Galaxie,
in der sich die Erde befindet? Herkules, der Sohn des Götter-
vaters Zeus und der Menschenfrau Alkmene, soll schon als
Baby sehr stark gewesen sein. Aus ‚himmelspolitischen'
Gründen stillte nicht Alkmene, sondern die Göttin Hera den
Kleinen. Der jedoch sog viel zu heftig an der Mutterbrust
und die Milch spritzte in hohem Bogen zum Himmel und
wurde dort zur Milchstraße.

So haben sich die alten Griechen eine Mixtur aus Regeln,
Geboten und Sagen zusammengebraut, die exakt die
menschlichen Vorstellungen, Träume und Albträume
widerspiegelt. Der eine oder andere der genialen griechi-
schen Philosophen und Denker hat das Ganze sicherlich
auch durchschaut, aber auch damals schon wurden Got-
tesleugnung und Gotteslästerung drakonisch bestraft – also
schwieg man besser."

EVO war wieder einmal beeindruckt, wie sich MAT so
intensiv mit den Menschen beschäftigen konnte. Eigentlich
verständlich, denn bei dem absolut selbständigen Funktionieren der MATschen Schöpfung gab es kaum etwas Unvor-
hergesehenes, alles kam „wie gehabt" und war auch schon
früher einmal irgendwo im riesigen Weltall vorgekommen.

Hatte er so etwas wie Langeweile?

Die Evolution belohnt das Lernen im Kindesalter ...

Nach langer Pause suchte EVO nach weiteren Vorteilen der Evolution und kam mit dem folgenden Beispiel: Bei den Tieren werden die Jungen verhältnismäßig früh selbständig. Da das meiste ihres Wissens unverändert bleibt, ist es als Grundwissen, als Instinkt, in die noch kleinen Gehirne bereits im Mutterleib fest eingebrannt worden. Es wird also vererbt. Was zusätzlich noch zu lernen ist, schaut sich das Junge in der ersten Phase seines Lebens von den Eltern oder anderen Artgenossen ab.

Auch bei den Menschen gibt es Instinkte, aber das meiste für ihr Leben Wichtige lernen die kleinen Menschen weniger durch Abschauen als durch aktives Formen und Prägen durch die Eltern. Heranwachsende Kinder müssen zusätzlich zu ihren angeborenen Fähigkeiten eine ganze Menge lernen, um eines Tages als selbstständige Individuen im Daseinskampf zusammen mit der ganzen Sippe überleben zu können. Die Evolution hat diejenigen bevorzugt, die in der Lage waren, bereits in frühester Jugend bestimmte Rituale und Verhaltensweisen „einzubläuen". Die Menschen nennen dies heute die Sozialisierungsphase, die ursprünglich für die reinen Überlebensfähigkeiten wirksam sein sollte. Schnell erkannten die Häuptlinge, wie vorteilhaft es ist, „göttlichen Regeln der Religion" gleich zusammen mit dem wirklich Notwendigen einzutrichten: Das in der Sozialisierungsphase Erlernte oder genauer: Indoktrinierte, war nämlich wesentlich robuster gegen Vergessen oder nachträgliches Korrigieren als das im Erwachsenenstatus Erworbene. So dürfte also nach und nach in allen Sippen und Völkern die frühkindliche Erziehung sowohl im Jagen und

Kochen als auch im „Häuptlingverehren" und „Regelnein-
halten" besondere Aufmerksamkeit bekommen haben.

Wieder intervenierte MAT heftig:

„Damit schwächt man doch die Wirksamkeit der Evolution, der Weiterentwicklung! Stellt sich etwas von dem,
was den kleinen Menschen in dieser Sozialisierungsphase
eingeprägt wird, später als falsch oder zumindest kor-
rekturbedürftig heraus, dann bekommt man das doch nicht
wieder aus den Köpfen. Da die so Geprägten munter weiter
prägen, kann so mancher Fehler über Generationen erhalten
bleiben!"

EVO hatte diesmal keine plausible Antwort parat und
verwies wieder einmal auf das Wirken der Evolution: Wenn
dieses übertriebene Prägen den Fortbestand gefährde,
würden sicher weniger geprägte Wesen im Daseinskampf
besser bestehen können.

... tut nichts gegen die Unterdrückung der Weibchen ...

MAT: „Deine prächtigen Evolutionsprodukte können
auch untereinander so richtig raubtierig sein. Ist dir das
schon einmal aufgefallen? Du hast mir einmal von der geschlechtlichen Vermehrung vorgeschwärmt. Hast du dabei
nicht übersehen, wie die Männchen ihre körperliche Überlegenheit und die schwangerschaftsbedingte Verletzbarkeit
der Weibchen gnadenlos zu ihrem Vorteil ausnutzen? In den
meisten Religionen sind die Weibchen als zweitklassig dargestellt, obwohl sie intellektuell eher höherwertig sind, weil
sie wegen der ihnen obliegenden Kindererziehung über die
größere Sozialkompetenz verfügen und daher für Führungs-
aufgaben in der Familie oder in der Sippe besser geeignet

wären als die Männchen. Warum hilft da deine hochgelobte Evolution nicht?"

EVO: „Im Wettbewerb der Evolution spielen Begriffe wie Fairness, Moral, Mitverantwortung oder Sittlichkeit keine Rolle. Nicht die moralisch Stärkeren sondern die physisch Kräftigeren und für ihre Sippe nachhaltiger Wirkenden gewinnen im Rennen. Bei der Partnerwahl werden sich die meisten Männchen für die eher gefügigeren Weibchen entscheiden, schließlich haben sie dadurch ja mehr oder weniger willige Leibeigene gewonnen."

Aber etwas kleinlaut wirkte EVO nach dieser Feststellung schon.

... verhindert nicht die Erfindung des Teufels ...

MAT: „Überlege einmal in Ruhe, was da passiert. Da missbrauchen diese Menschen ihren Überschuss im Denkvermögen, um sich gegenseitig gewaltig zu schaden. Sie suchen verzweifelt nach einer Lösung für ihre selbstgemachten Probleme und erfinden ein abstraktes Wesen, welches ihnen Regeln vorsetzt, deren Einhaltung kontrolliert und die Abweichungen konsequent und drastisch bestraft. Sie erfinden gleichzeitig die bedingungslose Unterwerfung der Menschen unter den Willen dieser Götter als Überlebensstrategie. Zur Lachnummer wird dieses Treiben, wenn die Religionsschöpfer auch noch versuchen, die Entstehung der Welt mit ihrem von Trugbildern durchwebten Wissenshorizont als göttliche Werke zu beschreiben. Aber ich hatte dich ja gewarnt: Dein ‚Leben' birgt sehr viele Risiken."

EVO: „Da kann ich sogar noch ergänzen! Haben doch einige der Religionsschöpfer auch glatt noch das Gegenteil ihrer guten Götter erfunden, nämlich den Teufel oder Satan.

Auf den kann man bequem so alles schieben, was nach
Abweichung, Sünde oder Vergehen aussieht. Als der große
Verführer kann er leicht als Ursache alles Bösen gebrandmarkt werden. Listig nutzt dieser Teufel die Schwächen der
Menschen aus und versucht als Herr der Unterwelt möglichst viele in Richtung genau dieser Unterwelt in Bewegung
zu setzen. Diese psychologisch interessante Konstruktion
dient diesen Religionen vor allem als Drohkulisse. Meine
Überzeugung: Es gibt diese Unterwelt tatsächlich, aber nicht
irgendwo im Hitzekern der Erde, sondern tief in jedem Menschen. Der Teufel ist in Wirklichkeit ein Teil des
Raubtierkerns, den die Evolution nicht beseitigen
oder zumindest auch nicht in seinem Einfluss
schwächen konnte."

... und fördert gegenseitiges Bekämpfen

MAT: „Einige Raubtierarten jagen ihre Beute in Rudeln.
Fast immer stehen den zahlenmäßig meist überlegenen
Räubern nur wenige Opfer gegenüber. Sind alle Räuber satt,
dann ist das Ende der Jagd angesagt. Bei den Menschen hat
ihr Denküberschuss zu einer dramatischen Entfernung vom
überschaubaren Raubtierverhalten geführt: Das stärkere
Rudel versucht, die sozialen Bindungen der überfallenen
Sippe zu zerstören, schlägt Alte und Kranke tot, versklavt
die Arbeitsfähigen und bemächtigt sich vor allem der attraktiven Weibchen. Das geht so weit, Schwangerschaften abzu-
brechen, um die erneute Empfängnisbereitschaft der Weibchen zu beschleunigen. Vielleicht entstanden bei diesem
Treiben beim einen oder anderen Skrupel, vielleicht sogar
Mitleid. Das wird dem Häuptling meist nicht gepasst haben.

Seine Idee: Wenn ich die Religion dazu benutze, den anders-gläubigen Gegner zu diskriminieren und seines Mensch-seins zu berauben, dann kämpfen die Krieger brutaler und effizienter. Das ist nun einmal so: Unterschiedliche Bestim-mungen machen diese Religionen inkompatibel zueinander und so dienen sie meist auch dann, wenn ‚nur' Beutegier im Spiel ist, als Motivationshilfe für grausamste Kriege."

MAT ereiferte sich weiter:

„Eine richtig kranke Idee floss dann noch in viele der Re-ligionen ein: Der Ausschließlichkeitsanspruch. ‚Wir haben die einzig wahre und von Gott autorisierte Religion. Alle anderen sind des Teufels und nur wir sind legitimiert, diese zur richtigen Religion zu bekehren, zu versklaven oder gleich zu massakrieren.' Ist das Umbringen Anders-denkender oder Andersglaubender deine evoluti-onäre Antwort zur Lösung dieses Problems?"

EVO: „Ich gebe zu, mit dieser Frage hast du mich in die Enge getrieben."

Ist die Spezies Mensch ein Vorbild?

MAT: „Also wäre es nicht schade, wenn irgendwann die Erde mitsamt ihrer seltsamen Bewohner zugrunde gehen würde. Oder würdest du ihnen nachtrauern?"

EVO: „Ja, sehr sogar. Denn du hast in deinen Betrach-tungen nur die ungünstigen Nutzungen des Gehirnüber-schusses gebrandmarkt. Aber da gibt es noch wundervolle und vor allem friedliche Errungenschaften. Ich sehe hier vor allem die Musik und die Dichtkunst sowie die bildliche Gestaltung. Ich könnte schwärmen von den phantastischen wissenschaftlichen Leistungen, die die Menschen in die Lage versetzen, Krankheiten zu besiegen, unseren Ideen vom

Weltall auf die Spur zu kommen, ihre Fortbewegung und ihre Behausungen bequem zu gestalten. Das alles wäre ohne den evolutionären Sprung zum übergroßen Gehirn nicht passiert."

MAT: „Aber mit der gleichen Genialität erfinden sie Massenvernichtungswaffen wie die scheußlichen chemisch/biologischen Keulen zum gegenseitigen Umbringen oder die Atombombe. Gigantische Rechnersysteme unterstützen eine habgierige Minderheit in der hinterlistigen Ausbeutung des Rests der Menschheit. Je weiter diese für deine Ideen peinliche Entwicklung anhält, um so größer wird der Abstand der wenigen Mächtigen zu den vielen gutgläubigen und meist ehrlichen Menschen. Nimm doch einmal eine Waage und lege auf die linke Seite alles Schöne und Gute und auf die rechte Seite die Grausamkeiten, Kriege, Quälereien und Gemeinheiten. Was glaubst du, wohin der Zeiger ausschlägt? Was überwiegt?"

EVO: „Im Moment gewinnt sicher die rechte Seite. Das muss aber nicht so bleiben. Irgendwann sollten die Menschen doch in der Lage sein zu erkennen, wie ihre unseligen Raubtiergene sie auf ein vorzeitiges Ende zusteuern lassen".

MAT: „Dann müsste sich aber das Evolutionsprinzip verändern. Gutsein müsste belohnt und Habgier und Gemeinsein abgestraft werden. Dann dürften nur noch liebevolle und mit hoher Sozialkompetenz ausgestattete Menschen Nachwuchs bekommen können. Bis das kommt, haben die Menschen sich zugrunde gerichtet und ihre Erde gleich mit!"

EVO: „Du hast die Hoffnung auf ein gutes Ende für die Menschheit offensichtlich schon ganz aufgegeben, oder?"

MAT und EVO schwiegen sich lange Zeit an. Dann entdeckten sie noch, wie unbeabsichtigt etwas entstanden war, was mächtiger ist als sie: Der ZUFALL. Sie können nichts vorhersagen und z. B. auch nicht bestimmen, wann ein kosmisches Ereignis die Erde mitsamt aller ihrer von der Evolution in die Irre geleiteten Bewohner vernichten wird oder die Menschheit sich doch noch wirksam aus ihren Raubtierfesseln befreien kann.

Diktaturen, Monarchien und Demokratien entstehen ...

MAT: „Bienen und Ameisen bilden Staaten, also große Ansammlungen von Einzeltieren mit definierter Arbeitsteilung und festen Spielregeln für das Zusammenleben. Aber was machen die Menschen, wenn die Gruppengröße über Familie, Sippe oder Dorf hinausgeht?"

EVO: „Aus den über Auswahlkämpfe bestimmten Anführern wurden im Laufe der Entwicklung Herrschergeschlechter, in denen die Herrschaft meist auf einen Sohn weitergegeben wurde. Monarchien entstanden und mit ihnen eine ganze Korona dienender Vasallen, die sich dann Adel nannten und ihre Privilegien auch weiterzuvererben trachteten. In neuerer Zeit setzten sich geschickt operierende Alleinherrscher durch, das Zeitalter der Diktatoren war geboren. Diese Herrschaftsformen befriedigen optimal die Raubtiermentalität der meisten Menschen."

MAT: „Aber diese Herrschaftsformen entsprechen doch nicht den intellektuellen Möglichkeiten vieler Menschen. Waren im alten Europa nicht bereits Staatsformen entstanden, die dem Willen des Volkes weitestgehend entsprachen?"

EVO: „Tatsächlich entstanden bereits in der europäischen Antike die einzig tragfähigen Bausteine für einen humanen, raubtierfernen Staat: Demokratie zur Bestimmung der Führung und der Gesetze, Gewaltenteilung mit Rechtsprechung und Bestrafung von Delinquenten. Das Ganze funktioniert aber nur dann, wenn das selbstbestimmende Volk über eine hinreichende Bildung verfügt. Es muss in der Lage sein, Mehrheitsmeinungen auch dann zu akzeptieren, wenn diese den eigenen individuellen Vorstellungen entgegenstehen, um dann den Raubtierinstinkt so gut es geht zu unterdrücken. Leider sind auch heute noch Monarchien und Diktaturen die häufigsten Staatsformen."

... aber wie können die Menschen überleben?

fragte sich EVO:

„Die Hauptursache für ihre kriegerische Art ist ihre Gier auf Besitz. Bei den meisten Tieren endet diese Gier, wenn sie satt sind oder das gewünschte Weibchen errungen haben. Anders die Menschen. Menschen wollen Materielles und Immaterielles am liebsten dauerhaft besitzen. Sie kämpfen und töten weiter, um noch mehr davon zu bekommen. Das ist eine bedauerliche Fehlnutzung des Denküberschusses. Das Ganze wird noch verschlimmert, wenn man die Religionen mitbetrachtet. Da hierbei auch noch die Götter im Spiel sind, geht es besonders grausam zu. Sicher sind die meisten Auseinandersetzungen materiell bedingt, aber fast alle Kriege erscheinen, von außen betrachtet, Religionskriege zu sein.

Hätte man keine Religionen mehr, gäbe es zwar immer noch Kriege, aber vermutlich deutlich weniger davon. Wahrscheinlich würden diese Kriege auch weniger grausam sein, denn es geht ja dann nur um Besitzwechsel von Gütern aller Art und weniger um Ausrottung oder Unterordnung. Wollte man Kriege ganz vermeiden, müssten die Menschen das innere Raubtier besiegen."

MAT wurde das Ganze zu kompliziert, obwohl EVO noch gar nicht am Ende seiner Ausführungen war:

„Deine Menschen haben doch diesen Überschuss an Denkkapazität, den die Evolution ihnen angedeihen ließ. Damit müssten sie doch in der Lage gewesen sein, folgende einfachen Zusammenhänge zu erkennen und entsprechend zu handeln: Erstens: Sie sollten akzeptieren, dass es keine Götter gibt. Zweitens: Sie geben sich einer Art Erd-Ethik und unterwerfen sich dieser Sittenlehre freiwillig. Drittens: Sie müssen schrittweise versuchen, ihren Raubtierkern nachhaltig zu kaschieren. Ein Stichwort dazu: ‚Nächstenliebe'. Aber wie könnte eine solch gigantische Selbstüberwindung überhaupt gelingen?"

EVO: „Ein möglicher Schlüssel für eine Verbesserung dieser Situation liegt wahrscheinlich doch in den Religionen, denn die meisten Menschen kommen ohne eine solche emotionale Gehhilfe nicht über die Runden. Ich sehe folgende Möglichkeiten:

a) Die brutalste und sicherste Methode wäre das konse-quente Anwenden des Raubtierverhaltens. Alles morden, was nicht in die Linie passt, so wie es gewisse Extremreligionen lehren. Dann gäbe es nur noch eine Einheitsreligion, einen Gott und ein Regelwerk auf der Erde. Stabil würde ein solches System aber nur für kurze Zeit sein. Außerdem gibt es auf der Erde auch Staaten, die autoritär geführt solchen Angreifern wirksamer Paroli bieten würden als die Demokratien. Das könnte zum brutalsten Krieg führen, den die Menschheit je erlitten hat.

b) Keine Religionen mehr. Alle Religionen zu verbieten scheitert an den begrenzten intellektuellen Fähigkeiten der meisten Menschen. Sie benötigen eine übergeordnete Instanz – eben den Gott oder die Götter – und die zugehörige Religion, um in ihrem Alltag bestehen zu können. An einer solchen Forderung ist schon der Kommunismus gescheitert. Apropos Kommunismus: Der hat ausschließlich die bösen Kapitalisten und Ausbeuter als Raubtiere gebrandmarkt und völlig vergessen, etwas gegen die Raubtierinstinkte der unterjochten arbeitenden Bevölkerung zu unternehmen. So sind nach dem anfänglichen emotionalen Überschwang Führungs- und Überwachungshierarchien entstanden, in denen sich die Raubtiere wieder so richtig austoben konnten.

c) Man setzt auf eine im Kern friedliche, hassfreie Religion, die ohne Gott und Götter auskommt. Das wäre von den großen Religionen der Erde nur eine: Der Buddhismus. Viele eher zum Atheismus neigende Menschen wenden sich in steigender Zahl dieser Religion zu. Während die monotheistischen Religionen durch die Schaffung eines herrschenden Gottes die vom Raubtier ererbte Unterwerfungssehnsucht stillen, führt der Buddhismus mit seinen „Vier Edlen Wahrheiten" und den „Übungen des achtfachen Pfades" so gut es geht vom Raubtier weg. Die großen monotheistischen

Religionen werden sicher mit allen Mitteln eine solche äußerst vernünftige Lösung brutal zu verhindern suchen.

d) Alle Religionen der Erde einigen sich auf eine Charta, nach der alle miteinander leben könnten und die keinen Ausschließlichkeitsanspruch für einzelne Religionen enthalten darf. Der Laizismus würde von allen Beteiligten akzeptiert und auch bei den Gläubigen durchgesetzt. Jede Religion müsste die Existenzberechtigung aller anderen Religionen bestätigen, dazu wären mehr oder weniger starke Änderungen oder Löschungen in ihren Schriftwerken erforderlich."

MAT: „Und welcher der Vorschläge ist realistisch?"

EVO: „Die mir sympathischste Variante wäre der Buddhismus, weil er ohne Gott oder Götter auskommt. An zweiter Stelle kommt die Variante mit der Charta, zu der massive Begleitmaßnahmen gehören: Eine großangelegte und nachhaltige Schulung in Sachen Ethik mit dem Ziel, den Einfluss der Religionen zurückzudrängen und die Einsicht zu fördern, alles Raubtierhafte peu à peu auszumerzen, damit die Menschheit friedlich und als Ganzes überleben kann. Man muss sich daran erinnern, wie das Raubtier entstanden ist: Durch das Fressen anderer Tiere. Noch eine Einsicht: Verzicht auch auf die Jagd und das Schlachten. Alle werden zu Vegetariern? Eine Utopie? Ja, aber auch eine starke Symbolik! Immerhin, es steht viel auf dem Spiel. Also, für die Erleuchtung reicht es jetzt wohl noch nicht. Die Evolution kann eine solche tiefgreifende Verhaltensänderung nicht vollziehen, dies kann nur ein

entsprechend geförderter und gezügelter Verstand und eine wirksame Organisation der Denkenden verwirklichen. Dann noch eine Erziehung zur
Bescheidenheit: Macht den Menschen klar, dass die Dauer
ihrer irdischen Existenz seit dem ersten Auftreten des homo
sapiens sapiens bis zu seinem wahrscheinlichen Untergang
in wenigen hundert Jahren ins Verhältnis gesetzt zu der Zeit
seit dem Urknall soviel ist wie zwei Buchblätter zum
Gesamtwerk der 32.000 Seiten umfassenden Encyclopædia
Britannica!"

MAT grinste:

„Wer soll denn das als oberste Erdinstanz planen,
durchführen, kontrollieren sowie bei Bedarf auch sankti-
onieren? Wie könntest du beispielsweise den Dalai Lama
aus Tibet, dem ich eine solche Leistung durchaus zutrauen
würde, mit der nötigen Macht und Entscheidungsfreiheit
ausstatten? Ich habe da erhebliche Zweifel, ob die Menschen
aus eigener überhaupt Kraft aus ihrem Dilemma herauskommen können.

Aber ich weiß schon jetzt, wie wir sie sicher loswerden:
Irgendwann innerhalb der nächsten Millionen Jahre wird –
wie dies bisher schon öfter der Fall gewesen ist - ein großer
Meteorit auf die Erde stürzen und eine kosmische Katastrophe verursachen. Es reicht dabei vollkommen aus, wenn
dein ‚biologische Leben‘ für ein paar Monate drastisch
erschwert wird: Für alle höher organisierten Lebewesen, vor
allem aber für die meisten Tiere und alle Menschen wird dies
das sichere Ende bedeuten."

EVO legte nach:

„Ich weiß, du magst sie nicht. Dazu passt ein nicht un-
wahrscheinliches, also kurzfristig mögliches Szenario. Die

Spezies Mensch bringt sich einfach selbst um. Die Werkzeuge dazu haben sie bereits jetzt: Ein globales Virus, ent-
kommen aus einer unzureichend gesicherten Forschungs-
einrichtung, ein Atomkrieg oder eine sich rächende Umwelt
– der Phantasie sind da keine Grenzen gesetzt. "

Der glückliche Planet: „Hathor"

MAT dachte noch einmal gründlich nach. Zugegeben,
Weltgeister wie sie hatten, nachdem die Kerngedanken alle
realisiert und das Weltall etabliert war, eigentlich nichts
mehr zu tun als Beobachten – wobei es streng genommen
hierfür keine wirkliche Begründung gibt. Das Geschehen auf
der Erde jedoch beschäftigte sie über alle Maßen und es war
kaum zu verstehen, wie soviel geballte Unlogik auf einem
Planeten konzentriert überhaupt überleben konnte. Dabei
existierten die Menschen, gemessen an den Zeitspannen der
Weltgeister, erst extrem kurze Zeit und würden, wenn sie so
weitermachten wie bisher, auch nicht mehr lange bestehen.

Da fiel ihm ein weiterer Planet ein, der viele Millionen
Lichtjahre von der Erde entfernt eine ähnliche Population
zustande gebracht hatte. Seine menschenähnlichen Bewohner nannten ihn „Hathor". Er umkreiste seinen energie-
spendenden Stern etwas langsamer als die Erde ihre Sonne,
überhaupt ging es bei etwas geringeren Durchschnitts-
temperaturen geruhsamer zu. Tage und Nächte waren
länger und die Lebenserwartung seiner Bewohner war
deutlich größer als bei den Menschen auf der Erde.

Der wohl markanteste Unterschied zum Leben auf der
Erde aber war das Fehlen der Raubtiere. Üppige Pflanzen
mit nahrhaften Früchten bildeten die Ernährung, Tiere
fraßen also keine anderen Tiere und die Bewohner von

Hathor (wir nennen sie einfach „Hathorier") waren reine Vegetarier. Es gab also keine Nahrungskette wie auf der Erde, keine Jagd, keinen Kampf. Eine Ausnahme bildeten die Tiere, die sich auf das Fressen von Aas spezialisiert hatten. Schaute man noch genauer hin, so kam man schnell auf weitere grundlegende Unterschiede. Da sie untereinander nie kämpften und schlimmstenfalls eine witterungsbedingte Nahrungsknappheit abwehren mussten, reichte ihnen als Anführer eine alte und erfahrene Persönlichkeit. Sie kannten den Unterwerfungswahn der Menschen ebenso wenig wie deren abstrakte Sehnsüchte nach Gottheiten. Es gab daher auch keine Religionen auf Hathor. Sie kannten jedoch das, was auf der Erde mit Spiritualität nur näherungsweise umschrieben wird, in einer viel intensiveren Form. Es war ein gemeinsam wirkendes Gefühl in ihrer Gruppe, das sie als Kollektiv in tiefer Übereinstimmung leben und erleben ließ. Und das Großartigste war ihre Musik, die sie mit ihren Stimmen und auf den unterschiedlichsten Instrumenten erzeugten. Mit ihrer gemeinsamen Musik aktivierten sie in der Gruppe eine intensive Liebe zueinander, wie sie bei den Menschen der Erde nur zu Beginn und mit etwas Glück auch während einer Zweierbeziehung vorkommt. Dramatische Gefühle wie Hass oder Wut aufeinander kannten sie nicht.

Die Hathorier kannten keine Waffen, es gab also auch keine hochentwickelte Technologie. Ihre Maschinen dienten der Erleichterung der Feldarbeit, der Vorratshaltung ihrer Nahrungsmittel und der Perfektionierung ihres Musizierens. Das Handwerk in diesen Bereichen war hoch entwickelt. Was jedoch völlig fehlte im Vergleich zur Erde war das Finanzwesen. Da die Hathorier die irdische Gier nicht

kannten, reichte der Handel in Naturalien sowie Dienst-
bzw. Handwerksleistungen aus. Im Übrigen schien der
einzige nennenswerte Besitz das zum Alltag Notwendige zu
sein, zu dem zweifelsohne die Musikinstrumente zählten.
Auch das „Sein nach dem Tode" war für sie völlig uninteressant. Nach ihrem Tod wurden sie begraben und damit
ihre Zellen dem Boden von Hathor zurückgegeben. Sie
waren einfach „weg" und blieben noch eine Zeit in der
Erinnerung und bisweilen auch in den Liedern präsent.

Allen Hathoriern war die Abhängigkeit von ihrem Planeten bewusst. Sie lebten von dem, was dieser für sie als
Nahrung bereithielt, und entsprechend schonend war der
Umgang mit allen Ressourcen. Große Staaten, wie sie die
Menschen auf der Erde schufen, haben sie nie benötigt. Ein
Erfahrungsaustausch mit Nachbarsippen fand regelmäßig
statt. Da ihre Evolution auch zur zweigeschlechtlichen Vermehrung geführt hatte, war die Paarbildung über die Sip-
pengrenzen hinaus üblich.

Diese Population lebt nun schon mehrere Millionen Jahre
auf dem Planeten Hathor. Evolutionäre Anpassungen erga-
ben sich ausschließlich durch Veränderungen im Lebens-
raum. Eine allmähliche Vergrößerung der Gehirne nutzten
die Hathorier zur Verbesserungen ihrer Handwerke und vor
allem zur Vollendung ihrer Musik.

Niemand kam je auf die Idee, Tiere zu essen.

Drrrrrriiiiinnnng!!

Wo war ich? Der schrille Wecker riss mich unsanft aus meinem aufregenden Traum. Mit einem Schlag befand ich mich wieder im Alltag. War dies alles eine Illusion? Wo waren MAT und EVO? Gab es sie wirklich oder hatte mir Morpheus diese Gestalten nur eingespielt? Viele Fakten im Traum waren mir durchaus bekannt vorgekommen, aber die Schlüsse, die die beiden daraus zogen, hatten mich zutiefst überrascht.

Von wegen Traum: Für die meisten Menschen dürfte das eher ein Albtraum sein mit der Aussage: Religionen sind eine reine Menschenerfindung und folglich können Götter gar nicht existieren – zumindest nicht so schön personifiziert, wie die meisten Menschen sich diese vorstellen. Schuld an allem soll dann auch noch unser Raubtierkern sein, den die Evolution nicht ausmerzen konnte.

Wenn das, was die beiden Weltgeister hier aus ihrem Wirken und Beobachten der träumenden Nele zukommen ließen, tatsächlich stimmt, wären viele Millionen Menschen einen sinnlosen Tod gestorben und unendliches Leid vergeblich ertragen worden. Aber auch so manches im Glauben an die Götter entstandene Hochgefühl wäre nicht über die Menschen gekommen.

Ihr Spott ist nichts anderes als die Arroganz der Mächtigen. Dabei können wir doch (fast) nichts dafür, dass wir so sind.

Man sagt, geniale Menschen haben die Religionen erfunden, damit wir Menschen unseren Raubtierkern etwas besser kaschieren können. Mal sehen, welche Erkenntnisse wir hierzu gewinnen werden.

*Wagen wir den Sprung in die religiöse Realität. Ich nehme
an, sie, lieber Leser, sind ausreichend informiert über
Wirken und Wollen der uns umgebenden friedfertigen
Religionen – und das sind sicher die weitaus meisten.
Schauen wir uns gewissermaßen als Kontrastprogramm
eine der radikalsten Überzeugungen an, die die Grenze zur
reinen Ideologie regelmäßig überschreitet.*

II- Die Zweifelsfreien

 [1] Nele und Peter schlendern durch die Fußgängerzone einer großen Stadt. Shopping. Einfach so durch Läden gehen und sich über andere Herumeilende amüsieren. Peter hat die Einkaufstüten bereits im Kofferraum ihres Autos verstaut und sie sind wieder frei zum Bummeln.

Die sanften Rattenfänger ...

Es ist so um die Mittagszeit. Schwarze Fahnen mit weißen arabischen Schriftzeichen zieren ein paar Stände mit Büchern. Dunkel gekleidete bärtige Männer sprechen Passanten an und verteilen diese Bücher: Es ist ihr heiliges Buch, der Koran.

„Der Islam ist eine zutiefst friedliche Religion, die dem Wohl *aller* Menschen dient!" hören Nele und Peter aus den Gesprächen heraus. Einer der Bärtigen reicht Peter ein goldgeprägtes Exemplar dieses Korans. Peter erinnert sich später: Der Bärtige übergibt es mit beiden Händen und sagt mit bestimmter Stimme: „Lies!". Peter nimmt es an und verspricht, es auch zu lesen.

Nele ist nicht ganz wohl: „Diese Typen machen mich mit ihrer offen zur Schau gestellten Ruhe misstrauisch. Schon ihr

---

[1] Der arabische Schriftzug al da'wa bedeutet soviel wie „das Werben neuer Anhänger" oder „Ruf zum Islam"

Habitus hat für mich etwas Beängstigendes und meine Innenwelt sendet deutliche Fluchtsignale aus!"

„Lass mal gut sein, das ist doch nur der optische Eindruck! Vielleicht sind die tatsächlich so sanft, wie sie nach meiner Meinung aussehen."

Zu Hause angekommen blättert Peter zunächst etwas chaotisch in diesem Buch herum, weil er vergeblich nach einer ordnenden Systematik sucht. Aber was findet er da in Sure 2, Vers 193 (ab hier kurz: 2:193): *„Und kämpft gegen sie, bis es keine Verfolgung mehr gibt und die Religion (allein) Allahs ist."* Oder in der gleichen Sure, Vers 39: *„Diejenigen aber, die ungläubig sind und Unsere Zeichen für Lüge erklären, das sind Insassen des (Höllen)-feuers. Ewig werden sie darin bleiben."*

Friedlich klingt eigentlich anders. Den ersten dieser Verse könnte man auch so verstehen: Es kehrt erst dann religiöse Ruhe in diese Welt ein, wenn alle Menschen zum Islam konvertiert oder tot sind. In 47:35 steht es im Klartext: *„So werdet nicht schwach und ruft nicht zum Frieden, wo ihr doch die Oberhand haben werdet"* und in 48:28 *„...Seinen Gesandten mit der Rechtleitung und der Religion der Wahrheit gesandt hat, um ihr die Oberhand über alle Religionen zu geben."*

Peter liest Nele diese Verse vor. Da sie allem Religiösen kritisch gegenübersteht, rechnet sie vor:

„Dann müssen ja alle Ungläubigen, das sind beim derzeitigen Stand der Weltbevölkerung ungefähr sechs Milliarden Menschen, ewig in der Hölle ihre angeblich gerechte Strafe genießen dürfen, die Milliarden bereits Verstorbener noch nicht mitgerechnet, aber die braten ja ebenfalls."

Peter hat noch ein paar weitere zumindest befremdende Verse entdeckt. Dabei ist ihm aufgefallen, dass an mehreren Stellen im Koran dann von „auskosten" die Rede ist, wenn es um das Schicksal der Ungläubigen im Höllenfeuer geht. Die Wortwahl ist ja richtig makaber!

Also machen sich beide an die Arbeit, wie sie es hunderte Male mit wissenschaftlichen Werken getan haben: Mit Randnotizen, Unterstreichungen und anderen Ungezogenheiten markieren und kommentieren sie die ihnen wichtig erscheinenden Passagen. Zur Vereinfachung der Prozedur nutzen sie eine der zahlreichen digitalen, computerlesbaren Versionen aus dem Internet. Am Computer lesen fällt in solchen Fällen eben leichter.

Es sind 114 Suren mit 6.346 Versen. Unterschieden wird noch nach dem Entstehungsort dieser Suren: 86 sind in Mekka entstanden, 22 in Medina und bei sechsen ist es unklar, welche dieser beiden Städte als Entstehungsort anzusehen ist. Die mekkanischen Suren gelten – und das sind die weitaus meisten - als weniger aggressiv als die medinensischen.

Peter nimmt dies alles durch die Brille eines katholisch sozialisierten theologischen Laien wahr. Ohne Beistand eines Imams, so werden sicher viele Muslime argumentieren, würde er gewiss alles völlig falsch deuten. Aber das Neue Testament der Bibel hat er ja auch ohne Beistand gelesen und das meiste sicher auch richtig verstanden. Und wie sagte der bärtige Koranverschenker: „Lies!"

Nele hat keine besonders tiefgehende religiöse Sozialisierung genossen und findet, dass der Zeitgeist zwar eine intensive Beschäftigung mit dem Thema Islam fordert, es aber eigentlich doch viel schönere und entspannendere Forschungsthemen gibt.

Das Koranlesen dauert, diskutiert wird noch wenig und oft legen sie eine Pause ein.

Peter lassen die schwarzen Gestalten am Informations-
stand nicht mehr los. Das Gesicht dieser bärtigen Missionare
hat einen bleibenden Eindruck in seinem Gedächtnis hin-
terlassen. Strahlt es nicht eine stabile Glückseligkeit aus?
Voller Optimismus und Zuversicht scheinen sie, kaum zu
beleidigen und rundherum zufrieden. Mit ihrem Gott und
ihrer Religion sind sie absolut im Einklang. Die Welt, in der
sie leben, ist nicht durch komplizierte und auch von normalen Sterblichen kaum zu verstehende wissenschaftliche
Tiefgänge getrübt, sie folgt ihrer festen Überzeugung nach
den alten Gesetzen des Korans, so wie er in den Anfängen
ihrer Religion vor über vierzehnhundert Jahren verfasst
worden ist. Sie nennen sich Salafisten, was im Arabischen
soviel bedeutet wie „Die, die sich an den frommen
Altvorderen orientieren" (so findet man es übersetzt in den
Suchmaschinen des Internets).

Urknall, Evolution, Milliarden von Galaxien, Gentechnik,
Mikrobiologie aber auch Menschenrechte, Menschenwürde
und Gleichheit der Geschlechter: Das sind für sie nur vom
wahren Glauben ablenkende Erfindungen der westlichen
Gottesleugner. Nach ihrer festen Überzeugung arbeiten diese Ungläubigen im Rahmen dessen, was sie als Wissenschaften bezeichnen, unaufhörlich an einem immer komplizierter
werdenden Weltbild, das von der Mehrheit der Menschen
kaum mehr verstanden werden kann. Sie vermuten dahinter
die Absicht, vom wirklich Wichtigen abzulenken und damit
den Islam zu schwächen.

... bieten eine bequeme Rundumversorgung, ...

Die einfache, einprägsame Botschaft der Salafisten dagegen lautet: „Kommt zu uns, wir bieten euch ein anschauliches und leicht zu verstehendes Weltbild, eine Religion mit ‚Rundumversorgung'. Wir haben auf alle wirklich wichtigen Fragen (Anmerkung: Was wichtig ist entscheiden natürlich sie, die Salafisten) eine plausible Antwort, und mit den anderen Fragen sollen sich die Menschen gar nicht erst beschäftigen!".

Eine besondere Form eines minimalistischen Lebens: Man definiert großzügig alles Unbequeme, Westliche, dekadent Erscheinende als unnötigen Ballast. Das kommt an.

Sehen wir uns doch einmal kritisch unsere Schulsituation an: Selbst denn Gutwilligsten erscheint der Unterrichtsstoff überladen, detailbesessen. Die große Linie ist kaum noch erkennbar. Vieles fällt der großen Löcherfortpflanzung zum Opfer: Zu schnell Erlerntes haftet nicht, reicht gerade bis zur nächsten Klausur und verflüchtigt wieder schnell, um dem nächsten Lernschwall Platz zu machen.

... fangen unfertige Heranwachsende ein, ...

Es wundert nicht, wenn so viele junge, unerfahrene Menschen dieser gefährlichen Ideologie auf den Leim gehen: Bei den Salafisten erscheint doch fast alles viel einfacher und auch schlüssiger zu sein als in der anspruchsvollen Schulwelt des Abendlandes. Faszinierend: Ein Leben ohne unverständliche Mathematik, ohne langweilige Geschichte, ohne überflüssig erscheinende Gemeinschaftskunde und verstörendem Sexualunterricht. Vor allem: Ohne abstrakte und von normalen Erdenbürgern nicht nachvollziehbaren Theorien zur Entstehung des Weltalls und des Lebens. Bei den

Salafisten ist alles schlicht und klar: Die Aufgabenverteilung der Geschlechter, die Entstehung der Welt, Himmel – Erde – Hölle: Alles eingängig und im totalen Einklang mit der einzig wahren Religionsschrift, dem Koran. Und der ist dann auch das einzige, was man noch lernen und verstehen muss.

Und Peter dämmert es: Das einzige, für das sie leben und sterben wollen, ist das Ziel, nur noch Korangläubige auf dieser Erde zu haben. Nebenbei entwickelt man noch mit wenig Aufwand scheinbar viel Macht – auch über das Leben anderer Menschen.

Hält man so etwas denn überhaupt aus? Offensichtlich gilt für einige Wenige die erschreckende Antwort: „Ja!" Für einige, gottseidank nur wenige, Menschen ist eben Nichtwissen kein Manko, sondern eine Vorstufe der Glückseligkeit.

... kennen das Zweifeln nicht ...

Sicher gibt es eine Vielzahl fundamentaler Unterschiede zwischen ihnen und uns ‚im Westen'. Zu erkennen ist jedoch eine kleine, aber in ihrer Wirkung mächtige Besonderheit. Sie kennen das *Zweifeln* nicht. Nicht das Meckern oder Besserwissen ist hier gemeint, in dem sich viele unserer Zeitgenossen lustvoll ergehen, sondern das tiefgründige kritische Nachdenken auch über religiöse Riten und Gebote.

Peter weiß: Der Zweifel ist eine wichtige, vielleicht die wichtigste Voraussetzung für jede Form von Erkenntnis. Uns Wahrheitssuchern ist seit über drei Jahrtausenden bewusst: Nur durch fortwährendes Infragestellen können wir uns langsam von unserem wissensarmen Urzustand in Richtung einer hoffentlich besseren, zumindest aber immer

besser zu verstehenden Welt bewegen. Wir finden zahlreiche Zitate hierzu: Ein altes indisches Sprichwort sagt uns
bereits: „Der Zweifel ist das Wartezimmer der Erkenntnis."
Von Goethe wissen wir: „Eigentlich weiß man nur, wenn
man wenig weiß; mit dem Wissen wächst der Zweifel."
„Denn der radikalste Zweifel ist der Vater der Erkenntnis"
sagt uns Max Weber. Dieses Thema hat unsere Denker
immer schon beschäftigt und lässt sich beliebig weiter
vertiefen.

Peter ist sich sicher: Wer nicht zweifeln will, möchte auch
keine Erkenntnisse gewinnen. Ein zweifelsfreier Kopf - in
dem es wahrscheinlich auch kaum *Verzweiflung* gibt –
akzeptiert bewusst ein eingeschränktes Weltbild. Wer keine
Zweifel haben darf, wird unterdrückt, wer keine Zweifel
haben will, ist einfach nur beschränkt oder dumm, er unter-
wirft sich. Wer nie Zweifel hatte, neigt also zur Unterwür-
figkeit und fühlt sich wohl in dieser Unterwerfung.

... aber ihre Mythen und Trugbilder

Und Peter grübelt weiter. Er vermisst Nele als Dis-
kussionspartnerin, die aber macht sich rar und hält sich noch
nicht fit genug für sinnvolle Gespräche.

Er sinnt und sinnt: Nehmen wir einmal an, alle Religionen
wurden ohne irgendein „himmliches" Zutun von hochbe-
gabten Menschen geschaffen. Dann spiegelt sich in den Riten und Geboten genau der Wissenshorizont der Gründer-
zeit dieser Religion wider. Wir dürfen ohne Polemik fest-
stellen: Dieses Wissen ist wesentlich durch das erschaute
Weltbild mit all seinen Mythen und Trugbildern geprägt
worden. Hier zur Erhellung ein paar simple Beispiele:

- Der Blick zum Himmel ohne optische Hilfsmittel zeigt uns von den Milliarden Sternen nur ein paar tausend Objekte
- Ohne Wissen um die Evolution des Lebens mussten sich die Menschen der Vorzeit einen überirdischen Schöpfer zur Erschaffung der Arten (und auch der Menschen) konstruieren
- Unter unserer leicht verletzlichen Kulturschale befindet sich immer noch das Raubtier unserer animalischen Vorfahren, welches in bestimmten Situationen von unserem Geist Besitz ergreift. Wer das nicht weiß, erfindet schnell eine außerhalb unseres Wesens wirkende Ursache für unser Verhalten: den Teufel.

Die Religion der Salafisten entstand aus den Erkenntnissen, Zwängen und Anschauungen der Menschen des arabischen Kulturkreises im 7. Jahrhundert unserer Zeitrechnung. Für Hirten, Händler und Kämpfer, allesamt Pragmatiker, sind diese Werke formuliert worden. Bei der Beschreibung der Regeln musste auf Eingängigkeit und Verständlichkeit geachtet werden. Für Fehlverhalten aller Art wurden angemessene und vor allem auch abschreckende Strafen festgelegt. Dem Zeitgeist entsprechend finden sich zahlreiche Körperstrafen und auch die Todesstrafe. Gerichtsverhandlungen, wie sie die westliche Hemisphäre kennt und wie sie bereits in der Zeit der alten Römer konzipiert und gelebt wurden: Fehlanzeige.

In ihrer Vorstellung bauten sie sich auch für die sie umgebenden Phänomene ein Weltbild zusammen, das auf dieser Anschauung beruhte. Dazu gehörten auch Fragen nach der Herkunft von allem Lebenden und dem Verbleib der

Toten. In den weitaus meisten Fällen sind solche Vorstellungen jedoch gefährliche Täuschungen.

Der Gipfel der Erkenntnisse: Gott hat alle für das Zusammenleben der Menschen erforderlichen Gesetze und Strafen für alle Zeiten bereits festgelegt, und der Mensch darf keine davon abweichenden Gebote erlassen.

Sie erkennen also nur ihr kleines trügerisches Weltbild. Trugbilder sind es, die sie leiten, verleiten. Was bleibt ist Ignoranz und Intoleranz, und dieses Pseudowissen lässt sie grausam werden.

Man hört aus den Gesprächen mit den Salafisten eines heraus: Frieden kann es auf dieser Welt erst geben, wenn alle Menschen dem Koran salafistischer Auslegung folgen, also alle Ungläubigen bekehrt oder ausgerottet sind.

Kann das sein? Fromme Tibeter mit ihrem Mantra *„Om mani padme hum* (Dieser heilige Spruch soll bei der Verwirklichung der angestrebten sechs Vollkommenheiten helfen und die leidvolle künftige Wiedergeburt verhindern)" oder schlichte Christenmenschen mit ihrem Gebet: *„Wir wollen danken für unser Brot. Wir wollen helfen in aller Not. Wir wollen schaffen, die Kraft gibst du. Wir wollen lieben; Herr, hilf dazu."* – sie alle landen als ungläubiges Vieh in der Hölle?

Weiter im Koran ...

Zwischendurch hat Peter weiteres Grundwissen getankt. D e n Islam gibt es genau so wenig wie es d a s Christentum gibt. Im Laufe der Jahrhunderte haben sich unterschiedliche Spielarten herausgebildet, von großen, selbstbewussten Organisationen bis hin zu kleinen Sekten mit eher lokaler Bedeutung. Die meisten „Westler" wissen vom Islam, wenn überhaupt, meist nur von der Unterscheidung nach Sunniten und Schiiten.

Die zahlenmäßig weitaus größere Gemeinschaft sind die Sunniten, deren Kernländer sind: Saudi-Arabien, Afghanistan, Irak (teilweise), Syrien, Nordafrika, Türkei. Schiiten finden sich hauptsächlich im Iran, im Irak, Bahrain, Aserbaidschan und im Libanon. Lag in den Anfängen des Islam der Unterschied zwischen diesen beiden Glaubensrichtungen hauptsächlich in der Frage nach der Bestimmung der Führungspersönlichkeit, so kamen im Laufe der Jahrhunderte auch theologische Differenzen hinzu. Heute bekämpfen sich Sunniten und Schiiten bis aufs Messer, der Hass aufeinander dürfte stärker sein als es im Christentum je zwischen Katholiken und Protestanten der Fall gewesen ist.

Er liest weiter und findet viele alte Bekannte: Die Schöpfungsgeschichte und die Sintflut ungefähr wie in der Bibel, also nach heutigem Wissen unsinnig. Die großen christlichen Kirchen machen hieraus kein Problem: Sie lassen diese Texte unangetastet und verweisen auf die Entstehungszeit dieser Werke. Hätten die Schöpfer dieser Werke den Menschen ihrer Zeit etwas von Evolution, Urknall oder Milliarden von Galaxien erzählt, sie wären als Spinner verscheucht oder gar umgebracht worden. Die Wahl der Begriffe musste sich also am Wissensstand der Damaligen orientieren. Die Aufgabe der Bibel ist es eben nicht, naturwissenschaftliche Phänomene zu erklären, sondern den Menschen einfache und vor allem eingängige Regeln für das Zusammenleben zu geben. Fazit: Die Bibel enthält einen historisch bedingten Teil, der heute nicht mehr als Glaubensdiktat gelten kann und einen Glaubensteil, der für die Christen Maßstab für ihr spirituelles Leben und moralisches Handeln ist.

Und was macht der Koran? Auch nicht ein Jota darf am
Text verändert werden, sogar das Übersetzen aus dem Arabischen ist bereits eine problematische Handlung. Lediglich
über die Hadithen, das sind von Mohammed gebilligte
Überlieferungen, sind Ergänzungen möglich. Hier ein schönes Beispiel einer Hadithe von Abu Huraira, einem Weg-
gefährten Mohammeds:

> *„Abu Huraira, (Allahs Segen auf Ihm) berichtete: Der*
> *Gesandte Allahs (Allahs Frieden und Segen Ihm) sagte:*
> *‚Behandelt Frauen gefühlvoll. Eine Frau ist aus einer Rippe*
> *geschaffen. Die Rippe, die am meisten gebogen ist, ist die*
> *oberste Rippe, wenn du versuchst sie zu begradigen, bricht*
> *sie, aber wenn du sie so lässt wie sie ist, wird sie ihre Form*
> *behalten. Behandelt Frauen gefühlvoll.‘"*

Ein angenehm klingender Hinweis. Leider geht der
Koran an vielen Stellen mit Frauen nicht sonderlich „gefühl-
voll" um.

... wo »Liebt eure Feinde« fehlt ...

Eine so segensreiche Schilderung wie die Bergpredigt
(Matthäus 5,1 – 7,29, von hier ab kurz ‚Mt x,x' geschrieben),
die durchaus das Zeug zu einer interkonfessionellen Leit-
schnur hätte, findet sich im Koran nicht. Jesus' Forderung in
Mt 5,43 ‚*Ihr wisst, dass es heißt: ‚Liebe deinen Mitmenschen; hasse*
deinen Feind.' – Mt 5,44 ‚*Ich aber sage euch: Liebt eure Feinde und*
betet für alle, die euch verfolgen'. Im Gegenteil: Die Korantexte
sind eigentlich nur dann schlüssig, wenn das übergeordnete
Ziel „Der Islam ist die Einheitsreligion der Erde" lautet. Alle
Feinde, denen ein guter Christenmensch die Hand reichen
würde, sind dann durch Tod – natürlich oder gewaltsam –
dorthin befördert, wo sie auch hingehören: In die ewige

Verdammnis. Sie sind dann „totgehasst"! Wobei, dieser
Sarkasmus sei hier verziehen, der gewaltsame Tod eines Ungläubigen in manchen Korantexten als etwas eher Natür-
liches dargestellt scheint.

Lebenserfahrung: Auch Christen oder christlich Soziali-
sierte lieben ihre Feinde meistens nicht richtig innig. Sie ver-
achten sie oder wünschen ihnen irgendein schlimmes
Schicksal. Aber mit blindem Eifer hassen – das ist sicher die
pathologische Ausnahme. Es ist eben ein fundamentaler Unterschied, ob dem Grundsatz der Feindesliebe ein gelegent-
liches Nichtlieben folgt oder dem Grundsatz des Feindes-
hasses eine gelegentliche und eigentlich strafbare Feindesliebe.

Muslime und insbesondere auch die Salafisten werfen
den Christen gerne die Orientkreuzzüge des Hochmittel-
alters vor. Ja, die Kreuzfahrer waren wenig christlich, als sie
Juden, Muslime und auch die eigenen Glaubensbrüder
reihenweise umbrachten, letztere wohl aus Versehen. Das
war auf keinen Fall im Einklang mit der Lehre Jesu. Heute
berufen sich radikale Muslime bei ihren Terrorakten auf das
Recht zur Rache für diese Kreuzzüge. Aber: Verstehen sie
den Koran heute nicht genauso falsch wie die Kreuzfahrer
damals das Neue Testament?

Heute sehen viele Christen die Kreuzfahrer als irre-
geleitete Fanatiker. Und das, obwohl sie in ihrer Zeit aus
tiefer Frömmigkeit und Überzeugung handelten. Werden in
einer hoffentlich nicht allzu fernen Zeit die friedliebenden
Muslime die Radikalen genauso sehen: Als Fanatiker, die
ihren Glauben falsch verstanden haben?

Peter liest weiter und kämpft sich durch bis zum letzten Vers der letzten Sure:

„Zuflucht beim Herrn der Menschen (für) Geister (Ǧinn) und Menschen".

Ein friedlicher Ausklang. Heißt es doch in Sure 1 (Die Eröffnende), Vers 1:

„Im Namen Allahs, des Allerbarmers, des Barmherzigen."

Aber das, was zwischen diesen netten Versen liegt, klingt weder nach Erbarmen noch barmherzig. Brutal ist der Umgang mit den Ungläubigen, schonungslos die geforderte Unterwerfung auch der gläubigen Menschen unter Allahs Diktat.

... und die Ungläubigen gehasst werden

Peter lässt die letzten Tage und Stunden mit dem Koran noch einmal Revue passieren und kommt zu einer bitteren Erkenntnis: Wahrscheinlich gibt es außer dem Koran kein anderes religiöses Fundament, in dem die außerhalb des beschriebenen Glaubens lebenden Menschen so verachtet, den Tieren gleichgesetzt und gehasst werden. Alle möglichen Strafen sowohl zu Lebzeiten der Betroffenen und erst recht nach deren Tod sind beschrieben.

Es kann bei einem unbedarft Lesenden durchaus der Eindruck entstehen, dass das Morden Ungläubiger durch gläubige Muslime eigentlich nichts anderes ist als das vorzeitige Herbeiführen eines Zustandes, der ohnehin für sie vorgesehen ist: Das ewige Feuer der Hölle.

Peter drängt sich da eine Frage auf: Da kommt ihr aus brutalen Bürgerkriegen zu uns, wir geben euch ganz im Sinne der Bergpredigt (nach Mt 5,44 ,Ich aber sage euch: Liebet eure Feinde und bittet für die, die euch verfolgen') unserer Bibel Obdach und Nächstenliebe und ihr habt irgendwann in eurer Sozialisierungsphase gelernt, wir, eure Lebensretter, sind eigentlich das letzte, dreckigste Vieh auf dieser Erde. Kommen euch da nicht wenigstens ein paar kleine Zweifel an euren Gesetzen und Regeln?

Einige irritierende Koranverse ...

finden sich vor allem in den medinensischen Suren. Hier eine kleine Auswahl:

2,.18; 2,171: *... Taub, stumm und blind: So werden sie nicht umkehren* [Die Ungläubigen]

2,24: *...dessen Brennstoff Menschen und Steine sind. Es ist für die Ungläubigen bereitet* [Die Hölle]

2,223: *Eure Frauen sind euch ein Saatfeld. So kommt zu eurem Saatfeld, wann und wie ihr wollt*

3,29: *Ob ihr verbergt, was in euren Brüsten ist oder es offenlegt, Allah weiß es; Er weiß, was in den Himmeln und was auf der Erde ist. Und Allah hat zu allem die Macht.* [Ein Grund für die Unterwerfung: Allah weiß und sieht alles, es gibt keine Geheimnisse, kein Entfliehen vor ihm]

3,54: *Und sie schmiedeten Ränke, und (auch) Allah schmiedete Ränke; und Allah ist der beste Ränkeschmied.*

7,99: *Glauben sie denn, sicher vor Allahs Ränken zu sein? Aber vor Allahs Ränken sicher zu sein, glaubt nur das Volk derjenigen, die Verlierer sind.*

4,74: *So sollen denn diejenigen auf Allahs Weg kämpfen, die das diesseitige Leben für das Jenseits verkaufen. Und wer auf Allahs Weg kämpft und dann getötet wird oder siegt, dem werden Wir großartigen Lohn geben.* [Da schändet und mordet man ja richtig gerne!]

5,38: *Der Dieb und die Diebin: trennt ihnen ihre Hände ab als Lohn für das, was sie begangen haben*

5,51: *O die ihr glaubt, nehmt nicht die Juden und die Christen zu Schutzherren! Sie sind einer des anderen Schutzherren. Und wer von euch sie zu Schutzherren nimmt, der gehört zu ihnen. Gewiss, Allah leitet das ungerechte Volk nicht recht.* [Damit ist eine Integration von „echten" Muslimen in unsere abendländische Gesellschaft eigentlich nicht möglich! Zitat nach Martin Hilpert 2006: „Die Annahme, dass Gewalt mit Religion unvereinbar sein muss, widerspricht dem Koran, der Gewalt zur Etablierung theokratischer totalitärer Regime verlangt, sobald dies die äußeren Umstände zulassen".

8,17: *Nicht ihr habt sie getötet, sondern Allah hat sie getötet. Und nicht du hast geworfen, als du geworfen hast, sondern Allah hat geworfen,* [Wie praktisch, dann kann sich jeder zum Killer aufschwingen und Allah übernimmt die Verantwortung! Ähnliches findet sich allerdings auch im Alten Testament der Bibel "Gott führt das Schwert in der Hand der Gläubigen" in 2 Samuel. Solche Formulierungen waren in der Entstehungszeit dieser Schriften wohl unvermeidbar.] *und damit Er die Gläubigen einer schönen Prüfung von Ihm unterziehe. Gewiss, Allah ist Allhörend und Allwissend.*

8,39: *Und kämpft gegen sie, bis es keine Verfolgung mehr gibt und (bis) die Religion gänzlich Allahs ist. Wenn sie jedoch aufhören, so sieht Allah wohl, was sie tun* [das muss man nach all den anderen Versen nicht mehr kommentieren]

10,15: *Wenn ihnen Unsere Zeichen als klare Beweise verlesen werden, sagen diejenigen, die nicht die Begegnung mit Uns erwarten: Bringe einen anderen Qur'ān als diesen oder ändere ihn ab. Sag: Es steht mir nicht zu, ihn von mir selbst aus abzuändern. Ich folge nur dem, was mir (als Offenbarung) eingegeben wird*

[Mit diesem Änderungsverbot besteht praktisch keine Chance, eine Art von gemäßigtem Islam verbindlich für alle Muslime zu etablieren!]. *Gewiss, ich fürchte, wenn ich mich meinem Herrn widersetze, die Strafe eines gewaltigen Tages.*

22,19 ff: *... Für diejenigen nun, die ungläubig sind, werden Gewänder aus Feuer zugeschnitten; über ihre Köpfe wird heißes Wasser gegossen. Dadurch wird zum Schmelzen gebracht, was sie in ihrem Bauch haben, und ebenso die Haut. Und für sie gibt es Keulen aus Eisen.*

22,29: *Es ist für euch keine Sünde, unbewohnte Häuser zu betreten, in denen sich ein Nießbrauch für euch befindet. Allah weiß, was ihr offen tut und was ihr heimlich tut.*

44,8: *Es gibt keinen Gott außer Ihm. Er macht lebendig und lässt sterben, (Er), euer Herr und der Herr eurer Vorväter*

47,15: Das Gleichnis des (Paradies)gartens, der den Gottesfürchtigen versprochen ist: Darin sind Bäche mit Wasser, das nicht schal wird, und Bäche mit Milch, deren Geschmack sich nicht ändert, und Bäche mit Wein, der köstlich ist für diejenigen, die (davon) trinken, und [Da gibt es also kein Alkoholverbot mehr!!] Bäche mit geklärtem Honig. *Und sie haben darin von allen Früchten und Vergebung von ihrem Herrn. (Sind diese denn) jemandem gleich, der im (Höllen)feuer ewig bleibt und dem heißes Wasser zu trinken gegeben wird, das seine Gedärme zerreißt?* [Das ist den Ungläubigen zugedacht.]

48,28: *Er ist es, Der Seinen Gesandten mit der Rechtleitung und der Religion der Wahrheit gesandt hat, um ihr die Oberhand über alle Religionen zu geben. Und Allah genügt als Zeuge.*

56,12 ff: [Beschreibung des Paradieses] *... in den Gärten der Wonne ... auf (mit Gold) durchwobenen Liegen ... Unter ihnen gehen ewig junge Knaben umher* [wozu benötigt man denn die?] *... Und (darin sind) Ḥūrīs* [blendendweiße Jungfrauen] *mit schönen, großen Augen ... als Lohn für das, was sie zu tun pflegten.*

110,1 ff: *Wenn Allahs Hilfe kommt und der Sieg und du die Menschen in Allahs Religion in Scharen eintreten siehst, dann lobpreise deinen Herrn ....* [Dann haben wir den gewünschten Endzustand erreicht!!!]

Ein großer Teil der Texte beschäftigt sich mit uns, den Ungläubigen. Wir sind zwar nicht genau definiert, aber wir dürfen umgebracht (2,191; 3,89; 9,5; 9,111), gehasst (zahlreiche Verse), bestraft (zahlreiche Verse), vergewaltigt (23,1-6; 33,50; diverse Hadithen) verspottet (2,18; 2,171) versklavt (zahlreiche Verse), enthauptet (5,12; 8,12; 47,4) gefoltert, beleidigt (zahlreiche Verse), verdammt (zahlreiche Verse), getäuscht, bestohlen, entführt, ausgerottet (8,39) und erniedrigt werden.

Gegen uns darf man auch Verschwörungen planen und durchführen (3,54; Sure 8).

Was hatte der Bärtige damals in der Fußgängerzone bei der Übergabe seines Koranexemplars deutlich und mit bestimmender Stimme gesagt? „Lies!". Und das hat Peter dann auch getan.

„Der Islam ist ein verwesender Kadaver!" Diese Worte des Gründers der modernen Türkei, Mustafa Kemal Atatürk, gehen Peter nicht mehr aus dem Kopf (gelesen in ‚Die Welt' am 10.11.2013 zu Atatürks 75. Todestag·).

Interessant sei noch ein Blick in das deutsche „Gesetz über die Verbreitung jugendgefährdender Schriften und Medieninhalte (GjS). Erster Abschnitt: Jugendgefährdende Schriften:

§ 1 (1) Schriften, die geeignet sind, Kinder oder Jugendliche sittlich zu gefährden, sind in eine Liste aufzunehmen. Dazu zählen vor allem unsittliche, *verrohend wirkende, zu Gewalttätigkeit, Verbrechen* oder *Rassenhass anreizende* sowie den Krieg verherrlichende Schriften."

Schauen wir uns den folgenden Koranvers unter diesem Gesichtspunkt einmal genauer an: „22,19 ff: ... *Für diejenigen nun, die ungläubig sind, werden Gewänder aus Feuer zugeschnitten; über ihre Köpfe wird heißes Wasser gegossen. Dadurch wird zum Schmelzen gebracht, was sie in ihrem Bauch haben, und ebenso die Haut. Und für sie gibt es Keulen aus Eisen.*"

Liest man diese unerträgliche detaillierte Schilderung einer Folterung, könnte man hier eine Jugendgefährdung erkennen. Aber schauen wir uns unser schönes deutsches Gesetz genauer an:

„(2) Eine Schrift darf nicht in die Liste aufgenommen werden ... 1. allein wegen eines politischen, sozialen, *religiösen oder weltanschaulichen* Inhalts"

Das ist dann wohl der Freibrief für menschenverachtende Formulierungen in religiösen Werken.

... auch das Alte Testament kann irritieren

Das sind nur ein paar Proben dieser schwer verdaulichen Kost. Sicher beschreiben die meisten Verse des Korans die Regeln für ein vernünftiges Miteinander. Aber ein Hassprediger hat gewiss keinerlei Mühe, aus dem Koran grundgesetzfeindliche Aktionen herzuleiten und seine unbedarften jungen Zuhörer für barbarische Operationen zu präparieren. Auch im Alten Testament der Bibel finden sich inhumane Stellen, aber die Christen haben gelernt, im Alltag damit human umzugehen.

In manchen europäischen Ländern steigt der Einfluss rechtsradikaler Gruppierungen, seit Menschen islamischen Glaubens in Millionenscharen zu uns kommen. In Polen heißt es sogar: „Flüchtlinge ja, aber keine Muslime!" Das passt zwar so nicht zu der in der europäischen Verfassung geforderten Freiheit der Religionsausübung, ist aufgrund zahlreicher islamistischer Ereignisse jedoch irgendwie verständlich.

Nun beschränken sich verbale Gemeinheiten keineswegs auf bestimmte Suren des Koran. Auch die Bibel, und hier insbesondere das Alte Testament, missachtet einfachste Regeln der Menschlichkeit, Menschenwürde, Humanität.

Hier der Fairness halber ein paar zumindest überdenkenswerte Stellen

Psalm 139, ein Lied Davids. Nachdem er die Rätselhaftigkeit und Allwissenheit Gottes festgestellt hat, bittet er diesen in Vers 19 noch darum, alle umzubringen, die ihn und seine Gebote missachten. Im Grundsatz macht er vor unschuldigen Kindern auch nicht halt, wenn er in 137,9 fordert, dass Gott diejenigen segnen möge, welche die Köpfe der Edomiter-Kinder (Davids Feinde, aber auch Menschen!) packt und an Felsen zerschmettert. Das liest sich doch richtig gruselig.

Nur David? Nein, auch Moses formulierte anschaulich grausam: 5 Moses 7, 20 ff. Überhaupt findet sich bisweilen in der Bibel die gleiche Sprache wie im Koran: 5 Mose 7,17: Alle Völker, die der Herr in eure Gewalt gibt, müsst ihr vernichten. Ihr dürft kein Mitleid mit ihnen haben ...

Den Gipfel der Gottlosigkeit finden wir immer dann, wenn es um Frauen und/oder Sexualität geht. Beim Thema

Homosexualität übertrifft die Bibel den Koran an Grausamkeit: 3 Mose 20,13: Wenn ein Mann mit einem anderen Mann
geschlechtlich verkehrt, ist das ein abscheuliches, todes-
würdiges Verbrechen; beide müssen hingerichtet werden.

Mit den Frauen haben es die abrahamitischen Religionen
auch nicht so. Hier eine kleine Auswahl: 4 Mose 17 ff.: Tötet
alle Gefangenen, Frauen wie Kinder, nur die Mädchen, die
noch unberührt sind, dürft ihr bei euch behalten [Stellt Euch
mal die lustvoll arrangierten Überprüfungen der Jungfräu-
lichkeit vor! Diese widerlichen Exzesse befriedigen doch nur
niedrigste, vollkommen kulturfreie Instinkte, die schlimmer
noch sind als alles, was aus unserem „normalen" Raubtier-
erbe entstammt}. Oder Jesaja 13,15 ff: Wer auf der Flucht
entdeckt wird, wird niedergestochen; wen man aufgreift,
den erschlage man mit dem Schwert. Sie müssen mit ansehen, wie man ihre Kinder zerschmettert, ihre Häuser
plündert und ihre Frauen schändet {Da hatte der Prophet
Jesaja so richtig Wut auf die Babylonier und lässt seiner
Phantasie freien Lauf. Ein wirklicher Gott hätte ihm diese
Gedanken sicher nicht eingegeben}.

Nun könnte man ja sagen, dass in der Entstehungszeit des
Alten Testaments die Themen Menschlichkeit, Menschenwürde und Humanität nicht so richtig en vogue waren. Mag
ja sein. Aber wie passt das zu der Lehre, die Schöpfer solcher
Werke hätten unmittelbar im Auftrag eines Gottes gehan-
delt? Hatte damals dieser Gott nur einen kleinen Teil seiner
Geschöpfe im Blick (z. B. die Israeliten) und wünschte die
anderen (seiner) Geschöpfe zum Teufel? Wundert es, dass
immer mehr Menschen auf diese Art der Vaterliebe gerne
verzichten können?

Doch zurück zum Koran.

Wir bieten Religionsfreiheit ...

In Deutschland gilt die Religionsfreiheit nach Artikel 4 unseres Grundgesetzes. Eine „Ideologiefreiheit" kann man daraus auf keinen Fall herleiten. Absatz 2 lautet: „Die ungestörte Religionsausübung wird gewährleistet." Wie wäre es mit dem Zusatz: „Diese findet ihre Grenzen in den allgemeinen Menschenrechten, den Geboten des Grundgesetzes und der europäischen Verfassung sowie in der Achtung religiöser Überzeugungen und Praktiken anderer."

Denn: Auch ein noch so laizistischer und liberaler Staat muss zum Erhalt des inneren Friedens von allen Religionen den Verzicht auf einen Ausschließlichkeitsanspruch und die Bereitschaft zur Toleranz gegenüber anderen Weltanschauungen und ein Minimum an Kooperationsbereitschaft einfordern, sonst gibt er sich irgendwann selbst auf.

... aber unsere Wissenschaft ist unerwünscht ...

Wir im sogenannten Westen können nicht auf alles stolz sein, was wir in den letzten drei Jahrtausenden bewirkt und erreicht haben. Durchaus stolz sein können wir auf die Erkenntnisse unserer Wissenschaften in den meisten Disziplinen. Auf viele, auch fundamentale Fragen unserer Existenz, haben wir Antworten gefunden, wir haben gezweifelt und uns weiter verbessert. Unsere wichtigste Erkenntnis ist: Wir wissen das meiste noch nicht und werden vieles aufgrund unserer artspezifischen Begrenzungen nie wissen können. Mit dieser Unsicherheit haben wir gelernt zu leben. Wir sind im Grunde recht bescheiden geworden.

Während der Islam in seiner Blütezeit Anfang des letzten Jahrtausends den Christen in den meisten Disziplinen über-

legen war, zeigt sich heute eine gefährliche Wissenschaftsfeindlichkeit. Das zeigt sich z. B. in der Verteilung der Nobel-
preise. Schauen wir uns dazu einmal die kulturelle Herkunft
der 876 Nobelpreisträger an, die von 1901 bis 2013 ausge-
wählt wurden. Den mit Abstand höchsten Beitrag stellen mit
rund einem Viertel die Juden. Setzt man dies zum Anteil der
Juden an der Weltbevölkerung in Relation, so kommt auf
140 Tausend Juden ein Nobelpreisträger, bei Christen sind
es 5 Millionen und für Menschen arabisch/muslimischer
Herkunft 140 Millionen! Die religiös bedingte Wissen-
schaftsferne dieses Kulturkreises hat bisher nur acht Nobelpreisträger hervorgebracht, davon lediglich zwei in einer
naturwissenschaftlichen Disziplin.

... dafür Prägen was das Zeug hält

Junge Muslime lernen, wenn die Eltern zu den radika-
leren Gruppierungen zählen, bereits in der Sozialisierungsphase das vollständige Ignorieren außerkoranischer Erkenntnisse. Nun sind solche Verhaltensweisen ja keineswegs auf den Islam oder genauer dessen extreme Auslegungen beschränkt. Auch unter Christen finden wir im
häufig anzutreffenden bildungsfernen Milieu ähnliche fata-
listische Grundanschauungen. Man denke hier z. B. an die
evangelikalen US-Amerikaner. Auch hier steht die intensive,
indoktrinierende religiöse Sozialisation im Verdacht, entsprechende lebenslange Prägungen vorzunehmen. Selbst in
ihrer späteren Ausbildung gelingt es bisweilen auch wissenschaftlich geformten und hoch dekorierten Akademikern
nicht, sich aus diesem archaischen Korsett herauszuschälen.

Die Evolution hat für die Sozialisierungsphase eine hohe
und robuste Lerntiefe gefördert, um das Überleben der

Spezies Mensch in kritischen und bedrohlichen Situationen zu sichern. Eltern und Religionslehrer missbrauchen diese ungewöhnliche Phase zum Einimpfen religiöser Pseudofakten. Das ist zutiefst bedauerlich, aber erdweit üblich.

In einer „friedlichen" Religion ...

Zurück zur Koranlektüre. Die weitaus meisten Verse machen auch für Nichtmuslime einen friedlichen und nützlichen Eindruck. Die große Zahl der friedliebenden Muslime kennt nur diese Verse – wenn sie überhaupt den Koran je vollständig gelesen haben.

Unsere friedlich daherkommenden Salafisten jedoch sind Missionare ihres Glaubens und es ist sicher: Sie kennen auch die für uns Ungläubigen abfälligen und unerfreulichen Verse und halten sie für angemessen. Was wir dort lesen, stellt jede andere Religionsschrift an Gemeinheit und Brutalität in den Schatten und man sollte diese Verse genau kennen. Sicher kann man die eine oder andere Stelle durch nachträgliche Kommentare noch etwas entschärfen. Hier sollte uns jedoch der Urtext genügen, weil ja genau dieser uns fallweise „um die Ohren gehauen" wird.

... darf man Ungläubige betrügen

Tageszeitung im Juli 2016: „Der Iran baut an Langstreckenraketen." Nun machen solch aufwändige Waffensysteme ja keinen Sinn, wenn man damit ein paar 100 oder 1000 Kilogramm konventionellen Sprengstoff transportieren würde - ausgenommen vielleicht, man mischte noch ein paar chemisch/biologische Scheußlichkeiten dazu. So richtig sinnvoll wären solche Raketen nur als Träger von Atombomben. Es bestreitet jedoch der iranische Revolutionsrat mit Vehemenz, solche Sprengköpfe überhaupt zu besitzen, denn dazu habe er sich schließlich vertraglich verpflichtet. Wie passt das zusammen: Langstreckenraketen und der vertraglich vereinbarte Verzicht Teherans auf den Bau von Atombomben? Oder liegt hier eine „List" vor? Spielt da einer den „Wolf im Schafspelz?"

Anderes Beispiel: Recep Tayyip Erdoğan, Präsident der türkischen Republik, der sein Fachabitur auf einer Imam-Hatip-Schule erworben hat und daher sicher ein Korankenner ist, hat sich in einem Abkommen zur Rücknahme von Flüchtlingen verpflichtet und auch zahlreiche Bedingungen der EU akzeptiert. Z. Zt. ist der Status als eher unsicher zu bezeichnen – liegt da wieder eine „List" vor?

Hier noch ein kurzer Hinweis auf die westlichen Vorstellungen von Vertragstreue. Pacta sunt servanda („Verträge sind einzuhalten") ist das Prinzip der Vertragstreue sowohl in öffentlichen als auch in privaten Angelegenheiten und geht bis auf das römische Recht zurück. Es liegt in der Natur der Menschen, bei passender Gelegenheit aus einer vertraglichen Verpflichtung wieder auszubrechen zu wollen, aber auf Staatsebene geschieht das eher in Diktaturen: Man denke an die diversen Vertragsbrüche Hitlers.

In der Bibel ist die Vertragstreue eine Frage der Gerechtigkeit; aber wie steht es mit dem Koran? Verträge, die Muslime untereinander schließen, sind selbstverständlich bindend. Nun sind die weiter oben angesprochenen Verträge solche zwischen Muslimen bzw. muslimischen Staaten und *Ungläubigen*. Es gibt zahlreiche Verse, die hier eine eher listenreiche Vertragsgestaltung empfehlen, beispielsweise heißt es in 52,42 „ *... Aber diejenigen, die ungläubig sind, sind es, die der List erliegen"* , denn 27,50 *„Sie schmiedeten Ränke, und*

Wir schmiedeten Ränke, ohne dass sie es merkten." Schließlich gilt: 8,30 *„Aber Allah ist der beste Ränkeschmied!"*

Für Neugierige: Das Internet ist bei dem Stichwort ‚Ungläubige im Koran' äußerst ergiebig.

Millionen in Europa lebende und arbeitende Muslime sind vertragstreu. Bei schicksalshaften Festlegungen wundert schon die Naivität, mit der unsere Staatenlenker als chronische Un- und gelegentliche Gutgläubige solche Verträge abschließen.

Koran und Demokratie

passen nicht zusammen. Sobald es in einem islamischen Land zu demokratischen Wahlen kommt, werden islamistische Parteien versuchen, über das Instrument „Demokratie" in die politische Verantwortung zu gelangen, um sich dann dieses Instruments bei passender Gelegenheit wieder zu entledigen. So geschehen in Ägypten und gerade aktuell in der Türkei zum Miterleben. Erdoğan hält als gläubiger Islamist[2] nicht viel von der Demokratie, weshalb er alle Himmel in Bewegung setzen wird, um ein islamistisches Sultanat zu errichten. Gegenüber den ungläubigen Staatenlenkern in den USA oder Europa behauptet er natürlich das Gegenteil, aber wir wissen ja, der Koran verpflichtet ihn keineswegs zur Ehrlichkeit und Vertragstreue gegenüber den Feinden des Islam, sondern zum Listenreichtum.

---

[2] Mit „Islamist" ist hier nicht, wie früher üblich, ein Islamwissenschaftler gemeint, sondern ein Muslim, der eine politische Ideologie [den Islamismus] vertritt, die das Ziel hat, auf der Basis des Korans und der Scharia einen vollkommenen islamischen Staat zu errichten

Zum Heulen, wenn man Wirken und Denken von Kemal Atatürk kennt, die von ihm geformte Verfassung der modernen Türkei als Eintritt in westliches Denken und Lenken versteht und jetzt zusehen muss, wie dieses Werk sukzessive demontiert wird. Angeblich passen Demokratie und westliches Denken nicht zur Mentalität des türkischen Volkes.

Peter graust es.

Nele hat sich seit ein paar Tagen zurückgezogen und Peter fürchtet schon, pures Desinteresse sei die Ursache dafür. Aber jetzt erscheint sie mit Texten und Laptop bewaffnet und man merkt ihr an, dass sie Feuer gefangen hat:

„Du kannst islamistische Verhaltensweisen besser verstehen, wenn du von folgenden Leitgedanken, gleich ob Attentäter, Terrorist, Schläfer oder Staatslenker, ausgehst:

Leitsätze eines Islamisten, auf die Spitze getrieben

1. Der Islam ist die einzig wahre Religion, alle anderen sind tragische Irrtümer

2. Die Menschheit besteht nur aus Gläubigen und Ungläubigen. Gläubige folgen den Regeln des Koran und sind die Rechtschaffenen, Ungläubige gehören eher zum Vieh

3. Das Schicksal aller Ungläubigen ist die Hölle, ihr Töten im Kampf ist Pflicht für jeden Gläubigen

4. Ziel allen Bemühens ist es, dem Islam zur Weltherrschaft mit der Scharia als einzig geltendes Gesetz zu verhelfen

5. Um dieses Ziel zu erreichen darf jedes Mittel eingesetzt werden, alle Listen sind erlaubt und Abmachungen mit Ungläubigen müssen nicht eingehalten werden, wenn dies dem Erreichen des Ziels dient

6. Wer im Kampf für den Islam sein Leben lässt, wird im Paradies die größten Freuden genießen

7. Allah weiß und sieht alles, kennt alle Menschen und es ist unmöglich, sich seiner Kontrolle zu entziehen. Er fordert von allen Gläubigen die vollständige Unterwerfung"

Peter ist verblüfft: „Ist das nicht zu einfach gestrickt? Du kannst tausende Seiten hochkomplexer Schriftwerke doch nicht auf diese sieben dürftigen Aussagen reduzieren!"

„Doch, das geht! Schau dir doch unsere uralten zehn Gebote an: Knapp, äußerst verständlich und keineswegs immer leicht einzuhalten. Auch das christliche Glaubensbekenntnis ist kurz und überraschend vollständig.

Aber das ist ja noch nicht alles: Ich habe mir folgende Frage gestellt: Wie könnten

Leitsätze der modernen Muslime ...

aussehen? Jetzt also das Kontrastprogramm zu den islamistischen Leitsätzen. Ich mache es kurz und greife eine der schönsten Formulierungen zum Thema Laizismus heraus, die je gefunden habe. Wir gehen zurück in die Gründerjahre der modernen Türkei. Der Staatsgründer Kemal Atatürk hat

der Verpflichtung zum Laizismus Verfassungsrang gegeben, und es gibt ein äußerst interessantes Zitat des türkischen Verfassungsgerichts aus dem Jahre 1937:

, ... Der Laizismus ist eine zivilisierte Lebensform, die die
Grundlage für ein Freiheits- und Demokratieverständnis,
für die Unabhängigkeit, die nationale Souveränität und das
humanistische Ideal bildet, die sich mit der Überwindung
des mittelalterlichen Dogmatismus zugunsten des Primats
der Vernunft und einer aufgeklärten Wissenschaft entwickelt haben ...' Ferner stellt das Gericht fest: ,In der laizistischen Ordnung (...) ist die Religion von der Politisierung
befreit und als Führungsinstrument verdrängt. Ihr ist dadurch der richtige und ehrenvolle Platz im Gewissen der
Bürger zugewiesen.'

Das habe ich gefunden in „Cemal Karakas: ,Türkei: Islam
und Laizismus zwischen Staats-, Politik- und Gesellschafts-
interessen'[3].

Das sind Formulierungen, an denen kein westlicher De-
mokrat etwas aussetzen kann. Noch ein wichtiges Zitat nach
Cavuldak, Ahmed und Oliver Hidalgo, Philipp W.
Hildmann, Holger Zapf: „Im kemalistischen Demokratieverständnis ist nicht nur die Politisierung der
Religion offiziell verboten, sondern Laizismus
wird als Voraussetzung für Demokratie angesehen". Diesem kemalistischen Demokratieverständnis, welches wohl viele unserer politischen Führungskräfte einmal
irgendwie und vielleicht nur am Rande mitbekommen
haben, hat Recep Tayyip Erdoğan den Kampf angesagt. Ob
das den Millionen seiner Anhänger in der Türkei und in
Deutschland bewusst ist? Erdoğan sagte bereits in seiner

---

[3] HSFK-Rep. 1/2007. http://www.hsfk.de/downloads/report0107.pdf

Zeit als Oberbürgermeister von Istambul: ‚Es ist nicht möglich, gleichzeitig Laizist und Muslim zu sein!' Zur gleichen Zeit outete er sich auch als Anhänger der Scharia. Geht es noch schlimmer? Peter! Wir haben ein Dauerthema!"

Peter geht wieder durch die Fußgängerzone. Wieder stehen die bärtigen Männer herum und bieten ihren Koran an. Seine Gedanken jedoch sind gänzlich andere als beim ersten Zusammentreffen. Am liebsten würde er ihnen ins Gesicht brüllen: „Schämt Euch! Hunderttausende eurer Religionsbrüder erbitten nachdrücklich unsere Hilfe, bekommen sie auch im ganz großen Stil und ihr verteilt den Koran, der uns Ungläubige als das letzte Vieh bezeichnet." Doch dann fallen ihm noch weitere Korantexte ein, vom Status der Ungläubigen, vom Kampf um die Alleinherrschaft der Religion, von Muslimen im Himmel und Peter in der Hölle. Da hüllt er sich doch lieber in ein feiges Schweigen. Ändern kann er die Salafisten ohnehin nicht und über das Schicksal atheistischer oder agnostischer Märtyrer ist wenig Erbauliches bekannt. Er entfernt sich mit einem mulmigen Gefühl von dieser Gruppe.

Da kommt ein südländisch aussehender Mann, ungefähr Mitte 30, mit angehobenen Unterarmen auf ihn zu:

„Verzeihen Sie, ich spreche sie so einfach an, weil ich sie beobachtet habe und den Wandel ihres Gesichtsausdrucks bemerkte, als sie sich von der Salafistengruppe abwandten. Ich heiße Bülent Demir und bin Kurde."

Peter unsicher:

„Was wollen Sie?"

„Ich lebe seit meiner Geburt in Deutschland und beob-
achte mit großer Sorge das Treiben der Salafisten. Ich nutze
jede sich bietende Gelegenheit, mit Deutschen ins Gespräch
zu kommen, um auf die großen Unterschiede zwischen dem,
was die Salafisten verkünden, und meiner Religion hinzu-
weisen."

... und der Aleviten

„Ich bin Alevit. Kennen Sie diese Variante des Islams?"

„Nein, aber sie machen mich neugierig!"

„Danke für ihr Interesse. Unsere Glaubensrichtung ist vor
ungefähr 700 Jahren in Anatolien entstanden und akzeptiert
die meisten Verbote und Gebote aus dem Koran nicht. Die
Details sind für Sie als Nichtmuslim sicher weniger interessant und zugegebenermaßen auch nicht leicht zu verstehen."

„Können Sie denn so einfach wesentliche Teile des Koran
außer Kraft setzen?

„So einfach sicher nicht! Wir haben im Laufe der Jahrhunderte durch Unterdrückung und Vertreibung auch
unseren Blutzoll zahlen müssen. Auch heute noch sind wir
nicht sicher vor der Verfolgung. Sie sind vermutlich Christ,
ich werde versuchen, es für sie passend zu erklären: Auch
im Koran finden sie die für einen Christen äußerst wichtigen
Themen wie Nächstenliebe, Bescheidenheit, Hilfsbereit-
schaft und Geduld, und gerade die sind uns besonders wichtig. Auf die Hassorgien gegen die sogenannten Ungläubigen
allerdings können wir gerne verzichten. Die ‚Fünf Säulen
des Koran', diese sind das Glaubensbekenntnis, die täglichen fünf Gebete, die Unterstützung Bedürftiger, das Fasten

im Ramadan und die Pilgerfahrt nach Mekka spielen für uns kaum eine Rolle, auch beten wir nicht in Moscheen."

„Das alles ist für mich sehr überraschend! Da wundert es nicht, wenn ihre Gemeinschaft von den Hauptströmungen des Islam unterdrückt wird."

„Im Vordergrund steht bei uns der Mensch als eigenverantwortliches Wesen. Die Beziehung zu den Mitmenschen ist wichtiger als z. B. Fragen nach Tod oder dem Jenseits. Auch beten bei uns Männer und Frauen gleichberechtigt und gleichzeitig in unseren Versammlungshäusern. Wir verschleiern unsere Frauen nicht und mit den Speisevorschriften nehmen wir es auch nicht so ernst. Noch ein wesentlicher Unterschied: Wir übermitteln unser religiöses Wissen auch über Gedichte und Lieder zur Meditation und einem Reigentanz – im sunnitischen Islam geht das überhaupt nicht. Regeln müssen einfach sein, sonst werden sie nicht befolgt. Unsere Vorschriften lassen sich auf den einfachen Satz ‚Beherrsche deine Hände, deine Lende und deine Zunge' reduzieren, wobei jeder Alevit genau weiß, für was alles die Metaphern Hand, Lende und Zunge stehen."

„Wenn ich Sie richtig verstehe, passt ihre Glaubensrichtung also konfliktfrei zu unserem Grundgesetz. Sie könnten mit anderen friedlichen und unterwerfungsfreien Religionen wie die meisten Varianten des Christentums oder dem Buddhismus in einer Art gemeinsamer Charta leben – und gedeihen."

„Ja, unbedingt. Sie sollten dazu noch wissen, wir Aleviten unterstützen voll den Laizismus. Wir sind dankbar für den alevitischen Religionsunterricht in deutscher Sprache, wie er in einigen deutschen Bundesländern vermittelt wird. Was

wir sehr bedauern ist die in Deutschland noch weit verbreitete Unkenntnis über unsere Religion. Wir werden mit den
anderen Muslimen in einen Topf geworfen und hätten es
sicher verdient, als eigenständiger, moderater und bedingungslos grundgesetzkonformer Islam anerkannt zu werden. Da rächt sich die in weiten Teilen der europäischen
Kultur übliche Ignoranz. Auch in der großen, sich christlich
nennenden Weltgemeinschaft tummeln sich intolerante und
unwissende Schafe in Massen!"

Peter wird hellhörig: „Das müssen Sie mir einmal genauer erklären, schießen Sie los!"

„Nach schießen wäre mir bei diesem Thema manchmal
schon zu Mute, aber ein solches Wortspiel bot sich gerade
an. Was ich meine sind die christlichen Fundamentalisten,
wie man sie z. B. aus dem „Bibelgürtel" der USA kennt und
die intensiv missionierenden Sekten in allen Teilen der Welt.
Genau wie die Salafisten sind sie Anhänger der Schöpfungs-
lehre des Alten Testaments, bekämpfen die Evolutionslehre
als Teufelswerk, ignorieren weitestgehend die wissenschaftlichen Erkenntnisse fast aller Fachgebiete von der Entstehung des Weltalls über die Entwicklung der Arten bis hin
zu Detailfragen, wie das Wesen der Homosexualität. Diese
sogenannten Kreationisten sind nach meiner Vermutung
den Salafisten zahlenmäßig sogar noch weit überlegen. Was
ihnen fehlt, ist nur die ideologische Basis für Gewaltanwen-
dungen bei der Verbreitung ihrer Ideologie."

Peter wird noch einmal sehr nachdenklich:

„Ich für meinen Teil werde die ‚Reklametrommel' rühren.
Ich weiß nicht, wie ich Ihnen für ihre Ausführungen danken
soll. Da muss ich ja diesen Salafisten direkt dankbar dafür
sein, mich aus der Fassung gebracht zu haben und ihnen,

lieber Herr Demir, der mir meine Fassungslosigkeit angesehen und mir meine Fassung wieder zurückgegeben hat!"

Sie verabschieden sich mit einem markigen Händedruck, tauschen noch Kontaktdaten aus und wünschen sich ein baldiges Wiedersehen „in irgendeinem Café".

Peter setzt sich nachdenklich auf eine der zahlreichen Straßenbänke. Von dem geschäftigen Treiben bekommt er im Moment wenig mit. Bülent Demir hat etwas, was ihn an die stolzen und würdevollen Wüstensöhne in Karl Mays spannenden Reiseerzählungen erinnerte. Er war genau das Gegenteil des Menschentyps, die als IS-Schergen wahllos Greise, Kinder und Frauen meucheln.

Aber was ist da los? Da gibt es friedliche Menschen, die einen humanistischen Islam predigen und leben. Dann gibt es die große Masse der Muslime, die wahrscheinlich den Koran nicht oder nur oberflächlich gelesen hat und irgendwie damit auch zurechtkommt. Und dann die schwer abschätzbare Anzahl von Islamisten, Salafisten und Dschihadisten, deren Wirkungsspektrum vom friedlich erscheinenden Kampf um die Weltherrschaft des Islam bis hin zu Geiselname, Vergewaltigung und massenhaftem Mord reicht, vom Vernichten und Schänden unersetzlicher Kulturgüter ganz zu schweigen. Offensichtlich bietet der Islam keinen ausreichenden Schutz gegen diese extreme Verrohung.

Koranexperten behaupten, man müsse die als kritisch empfundenen Korantexte immer im Zusammenhang mit anderen Versen und der Epoche sehen, in der sie entstanden sind.

Bei dem gigantischen Unfug, der mit diesen angeblichen Fehlinterpretationen getrieben wird, wäre eine verbindliche

Streichung das Mindeste. Bei der „Interpretationsausrede"
fällt einem auch die geringe Wahrheitsverpflichtung
extremer Muslime gegenüber den Ungläubigen ein.
Wie sagte Papst Franziskus: Die Welt ist im Krieg. In
einem Krieg zwischen offenen, laizistischen Gesellschaften
und einer Gesellschaft der totalen Unterwerfung.
Und an fast allen diesen unfriedlichen Auseinandersetzungen sind Muslime beteiligt.

Aber so pessimistisch soll dieses Kapitel nicht enden. Stand-
ortwechsel: Großer Jugendstilbrunnen in einem Kurpark.
Eine bunte Gruppe fröhlicher junger Menschen mit ein paar
Kindern dabei steht entlang eines ungefähr acht Meter
langen roten Teppichs Spalier. Am Ende, direkt vor dem
Brunnen, liegt auf der Erde ein großes rotes Herz aus dem
gleichen Material. Darauf steht ein gut aussehender junger
Mann und hält eine große Tafel mit der Aufschrift: "Willst
du mich heiraten?"
An das andere Ende des Teppichs wird eine schöne junge
Frau geführt. Als sie den lächelnden Tafelträger erblickt,
geht sie schnellen Schrittes zu ihm – die innige Umarmung
bedeutet wohl das „Ja!" Einer der Umstehenden zaubert
einen riesigen Strauß roter Rosen herbei. In das allgemeine
Hallo mischen sich kleine Böllerschüsse mit künstlichen Ro-
senblättern. Jeder umarmt jeden und die zukünftigen Braut-
leute trinken einen Schluck Champagner.
Es sind türkischstämmige Deutsche, niemand trägt ein
Kopftuch. Als einer der Männer mit Kehrblech und Besen
die roten Blätter aufsammelt, geht Peter zum Bräutigam und
beglückwünscht ihn zum Anlass und zum Ritual und kann

sich die Frage nicht verkneifen, ob sie Aleviten seien. "Nein, wir sind Sunniten. Warum fragen sie?"

Peter antwortet ausweichend und schämt sich beim Weggehen über sein soeben geoffenbartes Schubladendenken.

Nach ein paar Tagen des Grübelns kramt er noch einmal in seinem wohl noch zu löcherigem Geschichtswissen herum: Irgend etwas ist da in den letzten Jahrzehnten passiert. Schauen wir ins Hochmittelalter zurück, da war der Islam in seiner Blütezeit dem damals schon Tausend Jahre alten Christentum nicht nur kriegerisch überlegen, auch in vielen Wissenschaften war er tonangebend. Viel hat nicht gefehlt, und er hätte große Teile Europas überrant. Da standen sich zwei mit einem soliden Ausschließlichkeitsanspruch ausgestatteten Religionen im eher unfriedlichem Wettbewerb gegenüber. Während jedoch das Christentum die Kraft zu einer wirksamen Reformation aufgebracht hat, blieb die islamische Kultur eher stehen. Entstanden im Abendland die Ideen der Aufklärung, der französischen Revolution und vor allem die Demokratie, zogen sich die islamisch geleiteten Länder auf tradierte, patriarchalische Herrschaftsstrukturen zurück und nutzten den Koran weniger als Lebenshilfe sondern als Hilfe zur Herrschaft. Die weitaus meisten Christen kennen die archaisch-brutalen Schilderungen des Alten Testaments überhaupt nicht oder nehmen sie nie als Quelle einer irgendwie gearteten Erbauung – sieht man von einigen der Psalmen einmal ab. Das Glaubensfundament ist das Neue Testament, und das gebietet durchgängig eine friedliche Lebensweise.

Da bin ich wieder, ihr roter Faden.

Gar nicht so einfach, hier eine einfache und auch stimmige Position zu beziehen. Man sagt, dass der Anteil der Salafisten an der Gesamtzahl der Muslime im Promillebereich liegt, wozu dann diese Dramatik? Weil sich sowohl die Extremisten als auch die Friedfertigen auf den Koran berufen und bisher sich noch niemand getraut hat, die kritischen Verse in Frage zu stellen.

Wenn aber unsere Welt friedlicher werden soll, dann geht das eben nicht über eine brutale Erd-Einheitsreligion sondern über einen friedensstiftenden Konsens aller Religionen. Und der kommt nicht von alleine! Wir müssen es lernen, Position zu beziehen und dürfen nicht unter dem Schutzmantel einer an sich vernünftigen Religionsfreiheit solche menschenverachtenden Ideologien zulassen. Aber darf man bestimmte religiöse Werke überhaupt verändern? Schließlich sollen sie ja unmittelbar göttlichen Ursprungs sein! Jede Veränderung durch Menschen wäre damit reine Blasphemie!

III - Projekt „Lukas 13"

 Peter beschäftigt sich schon eine geraume Zeit mit dem Koran und hat eine Entdeckung gemacht. In einem pro-islamischen Internet-Auftritt[4] hat er ein enthusiastisches Plädoyer für Echtheit und Heiligkeit des Korans gefunden.

Die Zahl 19

spielt demnach in einer Vielzahl von Vorschriften eine entscheidende Rolle, hierzu zwei Beispiele: Bestimmte, herausragende Teile kommen in einer Anzahl vor, die sich restfrei durch 19 teilen lässt. Oder: die Längenangabe bestimmter Teile (Wörter, Verse, Suren und auch der gesamte Koran) ist ebenfalls restfrei durch 19 teilbar. Diese beachtliche und in hoher Qualität vorliegende Systematik wird als Beweis dafür angesehen, dass nur ein Gott, in diesem Fall also Allah, dieses Werk vollbracht haben könne. Menschen scheiden nach dieser Auffassung wegen der begrenzten Fähigkeiten ihres Gehirns als Schöpfer aus, dafür sei dieses System zu komplex.

In Felix R. Paturis Buch „Die letzten Rätsel der Wissenschaft[5]" bleibt das Kapitel „Al-Muqatta'at – das Zahlenwunder des Korans" am Ende ergebnisoffen indem er schreibt:

---

[4] http://mathe.alrahman.de/code-19-der-korancode/
[5] erschienen bei Eichhorn 2005

„... oder handelt es sich tatsächlich um ein göttliches Sicherheitssiegel?"

Peter ist fasziniert vom Umfang der Literatur zu diesem Thema. Er findet auch sachlich-nüchterne Abfassungen[6], die alle ein gemeinsames Ergebnis haben: *Zufällig* können diese komplexen Zusammenhänge nicht entstanden sein. Aber wie sonst, wenn nicht durch göttliche Intervention? Ihm raucht der Kopf. Nele fällt ihm ein, die in ihren beruflichen Anfängen viel mit Datensicherheit in der Archivierung und bei der Datenübertragung zu tun hatte, sie wird ihm da sicher weiterhelfen können.

Nele ist dann auch tatsächlich sehr beeindruckt:

„Das Ganze ist ein geniales System von Regeln und Algorithmen, das in erster Linie dazu dienen soll, den Koran gegen Täuschungen und Verfälschungen zu sichern. Mit sehr hoher Wahrscheinlichkeit würden Textergänzungen, Löschungen oder andere Entweihungen als solche erkannt. Das Ganze funktioniert allerdings nur dann mit der nötigen Sicherheit, wenn diese Regeln und Algorithmen geheim bleiben. Um das zu gewährleisten, finden sich zahlreiche Pseudorituale, die nicht der Datensicherheit dienen, aber einen potentiellen Fälscher in die Irre leiten können. Also sichern umfangreiche Fallgruben das ‚Datenterrain' ab. Für einen Gauner ohne einen Rechner als Hilfsmittel sehe ich kaum eine Chance, unerkannt Verse zu verändern. Wenn es stimmt, dass erst im Jahre 1974 die wesentlichen Geheimnisse dieses ‚Korankodes' gelüftet worden sind, dann kann man sicher von einem Computereinsatz ausgehen."

„Kannst du mir mit einfachen Worten das Wirkungsprinzip erklären?"

---

[6] u. a. in http://de.verschwoerungstheorien.wikia.com/wiki/Korancode

„Man wählt zunächst einmal einen wohldefinierten Bereich aus: Das gesamte Werk oder bestimmte Abschnitte und Versgruppen. Dann wählt man einen Buchstaben oder ein Wort aus, dessen Häufigkeit in diesem Bereich zu bestimmen ist. Also stellt man die Frage: ‚Wie oft kommt das Wort »Barmherzigkeit« im gesamten Koran oder in den Suren x bis y vor.' Nehmen wir an, die Antwort ist ‚400'. Nun könnte man einfach diese Zahl 400 irgendwie im Gesamttext verstecken, doch das würde wahrscheinlich zu leicht entdeckt werden können. Hier kommt ein genialer Trick: Man legt eine ganz besondere Zahl fest, die wir der Einfachheit halber ‚Schlüsselzahl' oder kurz ‚Schlüssel' nennen wollen. Im Koran hat man die ‚19' zum Schlüssel bestimmt, dazu jedoch später. Dann teilt man die zu sichernde Anzahl 400 durch den Schlüssel und erhält

400 = 21*19 Rest 1

Nun formuliert man den Text um: Das Wort »Barmherzigkeit« könnte einmal entfallen, also insgesamt nur noch 399 mal vorhanden sein. Mit der gleichen Prozedur erhalten wir jetzt

399 = 21*19 Rest 0.

Man kann auch das Wort »Barmherzigkeit« noch 18 mal hinzufügen:

418 = 22*19 Rest 0.

Entscheidend ist die Regel: Jede überwachte Anzahl muss restfrei durch 19 teilbar sein. Jetzt kann man sich das risikoreiche Verstecken großer Zahlen sparen!"

„Das kapiere ich sogar. Ich habe also richtig verstanden: Die Anzahl ausgewählter Buchstaben und Wörter wurde ohne eine Veränderung des Sinns der Aussagen oder Festlegungen so gewählt, dass sie immer restfrei durch den

Schlüssel teilbar ist. Und welche Buchstaben und Wörter das betrifft, hat man über die Jahrhunderte geheim gehalten."

„Gratuliere, du hast das Wesentliche verstanden."

„Es gibt da noch ein paar Verknüpfungen und Beschränkungen, aber im Moment muss uns das ausreichen. Eine wesentliche Frage wird sein, wie man vor über 1.300 Jahren ohne jede Rechnerhilfe so etwas in einem Werk mit 114 Suren und 6346 Versen bewerkstelligen konnte. Übrigens: Die Zahlen 114 und 6346 sind ebenfalls restfrei durch 19 teilbar. Das ist allerdings keine besondere intellektuelle Leistung, kann doch der Schöpfer dieses Werkes diese beiden Mengenangaben beliebig gestalten: Suren kann man ohne großen Aufwand zusammenfassen oder teilen und für die Verse gilt dies erst recht."

„Erwähnt der Koran diese Schlüsselzahl 19?"

„Ja, in der Sure 74 ‚al-Muddattir (Der Zugedeckte)'. Vers 30 lautet: ‚Über ihr gibt es 19 (Wächter)'. Man könnte also sagen, die 19 aufpasst darauf auf, dass am Korantext nichts unerkannt verändert werden kann. Und das ist sicher auch hervorragend gelungen. Insgesamt werden die Verse 23 bis 31 dieser Sure herangezogen, wenn es um diesen ‚Korancode' geht. Die Bedeutung der Verse ist wahrscheinlich nur mit Unterstützung eines Korankenners zu verstehen. Ich persönlich empfinde einige Textstellen als eher bedrohlich und man ist gut beraten, sich mit Analysen und Schlussfolgerungen zurückzuhalten. Ob geniale Menschen oder Gott persönlich, wie es Glaubenspflicht für Muslime ist, diesen Korancode geschaffen haben, ist für mich Glaubenssache."

„Du resignierst also aus Angst vor allzu strengen Glaubenswächtern?"

„Die haben schon aus weitaus geringeren Gründen Menschen massakriert, da muss man nicht unnötig den

Helden spielen. Ich werde also keine Koran-Eigenschaft bezüglich der Schlüsselzahl ,19' diskutieren und habe mir da etwas völlig Ungefährliches einfallen lassen. Ich tue so, als ob ein Teil der Bibel nach dem gleichen Muster zu schützen wäre und versetze mich in die Lage eines Evangelienschreibers des ersten Jahrhunderts unserer Zeitrechnung, suche mir einen mathematisch begabten Zeitgenossen und formuliere eine Methode der Datensicherung. Mal sehen, was da herauskommt."

Projekt „Lukas 13"

Peter will es genau wissen:

„Du nimmst also einen größeren Text und arbeitest ein mit dem Koran vergleichbares Sicherungsverfahren gegen Verfälschungen ein?"

Nele gerät in Schwung:

„Ja, ich habe mir auch schon einen Text und eine Schlüsselzahl ausgesucht. In meiner Gymnasialzeit musste ich im Fach ,Religion und Bibelkunde' einmal eine Textanalyse schreiben und habe das Lukas-Evangelium gewählt, weil dort der Mensch Jesus sozusagen ,zum Greifen nah' geschildert ist. Ich verwende hier das Lukas-Evangelium nach Luther in der Überarbeitung von 2017. Man fühlte sich gewissermaßen mitten ins Geschehen gestellt. Was die Schlüsselzahl angeht, so habe ich die 13 gewählt, weil sie eine markante Primzahl ist. Dann habe ich nach biblischen Legitimationen zur Nutzung dieser Zahl gesucht und auch schnell welche gefunden:

- Jesus Christus: 13 Buchstaben
- ,Vater! Dein Name werde geheiligt. Dein Reich komme. Gib uns unser tägliches Brot'. 13 Wörter und 65 = 5*13 Buchstaben, Volltreffer!

- Lk 6.27-28 „Liebt eure Feinde; tut wohl denen, die euch hassen; segnet, die euch verfluchen" hat 13 Wörter

Schließlich saßen beim letzten Abendmahl 12 Jünger und Jesus zusammen, also 13 Personen.

Wenn das nicht reicht:

- Die katholische Grußformel ‚Gelobt sei Jesus Christus!' ‚In Ewigkeit. Amen!' besteht aus 13 Silben!

Ich bin davon überzeugt: Nach längerem Suchen findet man in jedem hinreichend großen Text der Welt Phrasen, die irgend etwas mit einer Schlüsselzahl, also wie hier mit der 13, zu tun haben."

Peter ist beeindruckt. Da will Nele also mit Hilfe des „Schlüssels 13" das Lukas-Evangelium gegen Verfälschungen, Ergänzungen oder Löschungen sichern.

„Ich nehme an, du hast das schon präzise durchgeführt und nach Ingenieursmanier vorbereitet!"

„OK, fasse dich bitte in Geduld, ich lege los!

Zuerst die Anzahl der Kapitel. Mit ‚Vierundzwanzig' kann man hier nicht imponieren. Bei 26 Kapiteln könnten wir darauf hinweisen, dass dies genau 2*13 ist. Es ist sicher kein Problem, zwei der Kapitel ohne eine inhaltliche Veränderung aufzuteilen. Die Kapitel sind ja nur durchnummeriert und führen keine Überschriften.

Dann schaffen wir eine Eingangsphrase für ausgewählte Kapitel, die irgend etwas mit 13 zu tun hat. Ich suche und finde: ‚Vater! Dein Name werde geheiligt. Dein Reich komme. Gib uns unser tägliches Brot" Das sind 13 Wörter und 65 = 5*13 Buchstaben! Volltreffer!

Die Leser werden beeindruckt sein. Um es etwas zu verkomplizieren, stelle ich diese Phrase nicht vor Kapitel 5 und nicht vor Kapitel 19. Überraschung: dazwischen liegen genau 13 Kapitel.

In der Eingangsphrase kommen wichtige Wörter und Begriffe vor, wir wollen sie hier ‚Prüfwörter' nennen: ‚Vater', ‚Reich' im Sinne ‚Reich Gottes', ‚Brot' und ‚unser'. Jetzt sorge ich dafür, dass diese Prüfwörter im Evangelium in einer Anzahl vorkommen, die wieder restfrei durch den Schlüssel 13 teilbar ist. Dazu muss man die Häufigkeit dieser Wörter kennen und entsprechend gestalten. Beispielsweise kann man die Anzahl von ‚Vater' vermehren, indem man an einigen Stellen, in denen ‚Abraham' steht, einfach ‚Vater Abraham' setzt. Oder man ersetzt in passenden Stellen das Personalpronomen ‚er' durch ‚Gott'. Ergebnis meiner kleinen Überarbeitung: Es kommen jetzt vor: ‚Vater' 78 mal, ‚Reich' ebenfalls 78 mal, ‚Brot' 39 mal und ‚unser' auch 78 mal – alle diese Häufigkeiten sind restfrei durch 13 teilbar, erfüllen also unsere Schlüsselregel.

Jetzt gehen wir an die Anzahl der Verse in den einzelnen Kapiteln. Die ist sicher leicht zu gestalten, indem man längere Passagen auftrennt oder kürzere, wo es der Sinn der Aussagen zulässt, zusammenfasst. Da wir weiter oben bereits die Kapitel 5 und 19 mit den Eingangsphrasen besonders behandelt hatten, sorgen wir nun dafür, dass die Verszahlen der Kapitel 1 bis 4, 5, 6 bis 18, 19 und 20 bis 24 wieder restfrei durch 13 teilbar sind. Selbstverständlich erfüllt nun auch die Gesamtzahl der Verse mit 1144 = 88*13 genau unsere Schlüsselregel.

Um die Fälschungssicherheit noch erheblich zu verbessern, zähle und gestalte ich das Vorkommen einzelner Buchstaben, den Prüfbuchstaben: ‚t': 6071 = 467*13; ‚a': 6695 = 515*13; ‚o': 2379 = 183*13; ‚w': 2054 = 158*13; ‚e': 18772 = 1444*13. Die Lösungsmöglichkeiten sind hier mannigfaltig,

z. B. über Synonyme, Wechsel im Tempus oder Umbau der Sätze. Noch ein paar einfache Beispiele: Benötigt man noch ein ‚e': man ersetzt ‚dies' durch ‚dieses'. Benötigt man zweimal ‚t' oder einmal ‚Gott': ‚sein Reich' ersetzen durch ‚Gottes Reich'. Wichtig: Keine der bereits getroffenen Maßnahmen darf durch die neuen Maßnahmen verletzt werden. Die richtige Reihenfolge in der Realisierung der einzelnen Maßnahmen ist also entscheidend für den Erfolg. Die Überwachung von Prüfbuchstaben ist übrigens das sicherste Verfahren für die Sicherung des Textes gegen Verfälschungen. Die anderen Maßnahmen wie die Verszahlen oder die mit der Schlüsselzahl so geheimnisvoll verwobenen Eingangsphrasen dienen nur der künstlichen Verkomplizierung und Irreleitung böswilliger Leser.

Es ist erstaunlich, was man so noch alles entdecken kann. So ist die Summe der Häufigkeitszahlen der einzelnen Buchstaben der Wörter ‚Jesus' und ‚Maria' 72.761 = 5.597*13.

Selbstverständlich folgt auch die Summe von Versen und Kapiteln mit 26 + 1144 = 1170 = 90*13 unserer Regel."

Das lässt sich noch beliebig weiterführen. Aber eine äußerst sorgfältige Buchführung über die Änderungen ist angesagt; heute nennt man das ‚Qualitätsmanagement'

Damit hätten wir mit passablem Aufwand den ‚Lukas' fälschungssicher gemacht. Aber beachte: Das gilt nur, wenn diese Maßnahmen geheim bleiben. Wenn jemand die genauen Regelungen kennt, kann er auch sinnentstellend fälschen. Mit Computer wäre das leicht, ohne allerdings eine zeitraubende Fleißarbeit."

„Mir raucht der Kopf noch immer. Für einen Zahlenmenschen, wie du es einer bist, mag das ja alles leicht zu verstehen sein, aber ich tue mich schwer damit. Kannst du das, was du da geschaffen hast, nicht einfacher darstellen?"

„OK, dann halt tabellarisch die Mengenangaben, die restfrei durch den Schlüssel 13 teilbar sind, also die Schlüsselregel erfüllen:

- Anzahl der Kapitel
- Die Anzahl der Verse der Kap. 1 bis 4, in Kap. 5 und 19, in den Kapiteln 6 bis 18 und 20 bis 24
- Anzahl von vier ausgewählten Prüfwörtern im gesamten Lukas-Evangelium
- Anzahl von fünf ausgewählten Prüfbuchstaben im gesamten Lukas-Evangelium
- Anzahl der Buchstaben, die in den Namen Jesus und Maria vorkommen
- Summe aus der Anzahl Kapitel und Anzahl Verse."

Aber wie macht man das ohne Computer?

Diese Frage liegt Peter schon eine Weile schwer im Magen. Er hat Nele über die Schulter zugeschaut und ist irritiert, wie sie mit Hilfe der Suchfunktion ihres Textverarbeitungsprogramms ohne viel Zeitaufwand zu ihren Erkenntnissen und Umgestaltungen gekommen ist. Doch der langjährigen Projektingenieurin Nele entlocken solche Bedenken nur ein breites Grinsen:

„Unterscheiden wir einmal zwei Situationen: Fall A: Das Evangelium ist bereits fertig geschrieben und soll nachträglich mit dem Sicherungscode versehen werden. Fall B: Die Sicherung wird während der Niederschrift eingearbeitet.

Variante A. Zuerst legen wir die gewünschten Prüfwörter und -buchstaben fest, in unserem Beispiel oben hatten wir vier Wörter und fünf Buchstaben. Dann sehen wir uns die einzelnen Kapitel an und zählen ab. Da wir nicht die Gesamtzahl, sondern nur die Reste zur Division mit 13 wissen

müssen, zählen wir also einfach ‚1-2-3-4-...-11-12-13-1-2 ...'
also nicht etwa ... 5042-5043-5044- ...'. Wir notieren sorgfältig
für jedes Prüfwort und jeden Prüfbuchstaben die Restzahl
für jedes Kapitel. Dann noch die Anzahl der Verse. Am Ende
summiert man alle Reste auf. Hätten wir zum Beispiel für
eines der Prüfwörter als Summe über alle Kapitel die Zahl
145, dann gilt in bekannter Weise 145 = 11*13 Rest 2. Das bedeutet, dass wir entweder dieses Schlüsselwort noch elfmal
über die Kapitel verteilt hinzufügen oder an zwei Stellen
einsparen müssen. Wichtig auch hier: Nicht vergessen: Die
neuen Zahlen sorgfältig in die Liste der Kapitel eintragen
und Querbeziehungen berücksichtigen. Pedantische Buchführung und das Beachten der Reihenfolge sind angesagt:
Zuerst die Prüf*wörter* und dann die Prüf*buchstaben*."

„Das dauert doch eine halbe Ewigkeit und ist sehr
Anfällig für Fehler. Wie löst du das denn?"

„Ich habe mich mit einer Stoppuhr an das Zählen eines
Buchstabens in einem Kapitel mittlerer Größe herangemacht
und benötige für 50 Verse 25 Minuten. Für die 1151 Verse
des gesamten Lukas-Evangeliums wären das also ungefähr
zehn Stunden. Gehen wir einschließlich einer Reserve von
insgesamt fünfzehn Prüfwörter oder -buchstaben aus, ergibt
dies 150 Stunden, bei 7,5 Stunden pro Tag also 20 Tage. Das
sind mit Pausen und Sonntagsruhe drei Wochen. Jetzt
wollen wir doch einen größeren Teil der Bibel absichern und
gehen vom sechsfachen Umfang des Lukas-Evangeliums
aus (ca. 6.500 Verse), dann haben wir einen Gesamtaufwand
von 18 Wochen. Du fragst nach der Fehlervorbeugung. Da
fällt mir nur eine Brachialmethode ein: Jeder Zählvorgang
wird dreimal wiederholt und nur dann akzeptiert, wenn alle
drei Ergebnisse gleich sind. Aufgerundet würde also mit ein
paar Wiederholungen eine Person zwei Jahre benötigen oder

vier Personen ein halbes Jahr. Das ist sicher machbar. Außerdem muss man das in Relation setzen zur eigentlichen Schreibzeit des Gesamtwerkes."

Nele machte eine Pause und hofft auf einen zumindest leichten Beifall, aber Peter ist wohl noch zu nachdenklich, um sich irgendwie äußern zu können.

„Schauen wir uns Variante B an. Entscheidend ist auch hier, dass man alle Prüfwörter und -buchstaben zu Beginn der Niederschrift bereits festlegt, ebenso die gewünschten Abstände zwischen zwei markanten Merkmalen z. B. als Anzahl von Versen. Dann geht es wieder ans Zählen und Notieren. Der Abschluss besteht dann wieder im gut dokumentierten Ändern, Weglassen und Hinzufügen. Der Aufwand ist nur scheinbar geringer als bei Variante A, doch weil dieses Verschlüsseln begleitend mit der Hauptarbeit anfällt und daher nicht als ‚großer Brocken' wahrgenommen wird, erscheint es weniger aufwändig zu sein."

Eine Arbeitserleichterung

„Weil ich meine Analysen mit Computerhilfe durchgeführt habe, bleibt ein wichtiger Aspekt noch unbeachtet. Wenn man weiß, dass Menschen solch voluminöse Texte nach Schlüsselwörtern oder Schlüsselbuchstaben durchsuchen müssen, dann ist das exakte Zählen z. B. des Buchstabens ‚e' eine Horrorarbeit. Man kann sich das Schriftbild einmal ansehen und schauen, ob einem bestimmte Buchstabengruppen oder Silben nicht besser ins Auge springen. Beispielsweise kommt die leicht aufzufindende Nachsilbe ‚ung' im Originaltext 62 mal vor. Ich brauchte also nur drei Wörter, die mit ‚ung' enden, in den Text einfügen, und schon hätten wir eine weitere, angenehmer zu handhabende Schlüsselregel. Solche Blickfänge sind natürlich sprach- und

schriftabhängig und sehen beispielsweise im Originaltext
des Korans sicher ganz anders aus!"

„Ich bin ja richtig stolz auf dich, Nele! Und du vermutest,
der Korancode sei auf ähnliche Art und Weise entstanden?"

„Dazu sage ich gar nichts. Ich kann kein Arabisch und die
wunderschöne arabische Schrift ist mir leider auch nicht ge-
läufig. Was ich hier gemacht habe, passt, so wie es ist, zu
Deutsch als Sprache und zum lateinischen Alphabet als
Schrift. Und da kann ich sagen, das funktioniert auch noch
bei etwas komplizierteren Regeln und noch mehr Prüfwörtern - es erfordert aber viel Geduld und Präzision – ist also
eine richtige Qualitätsarbeit."

Nele hat noch etwas ganz Wichtiges auf dem Herzen:

„Ich habe auch als halbe Agnostikerin vor den Evangelien
einen hohen Respekt. Mit meinen Überlegungen will ich nur
die Machbarkeit eines solchen Sicherungsschlüssels in
einem religiösen Werk demonstrieren und auf keinen Fall
irgendwelche gotteslästerliche Spielchen betreiben. Aber ich
bin davon überzeugt, dass wir uns noch auf lange Zeit mit
untereinander konkurrierenden Religionen zu beschäftigen
haben, und da müssen auch die gutgläubigsten Christen solche Experimente an ihren geheiligten Objekten zulassen.
Außerdem benötigen die christlichen Kirchen keinen Sicherungscode für das Neue Testament: Eine sinnerhaltende Anpassung an jeweils aktuelle Sprachgewohnheiten war immer
schon üblich, die Wörter lebten gewissermaßen in der Zeit
und im Grundsatz wurde die Lehre dabei nie verändert."

Das wäre also ein Verfahren zur Datensicherung vor über eintausend Jahren – ein faszinierendes Gedankenspiel. Wer also Spaß an solchen Rechnereien hat, kann sich ja einmal einen beliebigen, hinreichend großen Text vornehmen und solche Prüfverfahren einbauen. Das ist – vor allem mit moderner Textverarbeitungssoftware – wesentlich einfacher als die meisten Menschen vermuten.

Da war einmal ein großartiger Mensch, der eine zu seiner Zeit revolutionäre Idee hatte, wie Menschen friedlich miteinander auskommen könnten. Er hat zum Aufstieg einer Weltreligion beigetragen. Doch zu diesem Aufstieg musste diese Religion einige seiner Ideen, sagen wir einmal moderat, etwas modifizieren.

Jährlich wird sein Geburtstag gefeiert. Nele hat dazu ein paar Gedanken, die nur scheinbar unpassend sind.

IV - Weihnachtsgedanken – einmal anders

 Nele besuchte, wie sie es schon immer getan hatte, zur Adventszeit die Christuskirche und ging zur aufwändig gestalteten Weihnachtskrippe. Die Figuren, liebevoll mit originalgetreuer Kleidung ausgestattet, bildeten einen Bogen um das eigentliche Zentrum, das Jesuskind. Maria trug über ihrer roten Tunika einen blauen Umhang und ein weißes Kopftuch, Josef eine sandfarbene Tunika aus grobem Leinen und einen blauen Überwurf. Die drei Weisen in ihren üppigen Schmuckgewändern wirkten etwas fremd in dieser Umgebung, die zwei Hirten im Hintergrund passten dagegen sehr gut zu der Stimmung, die das Ensemble dem Betrachter vermittelt.

Ich steh' an deiner Krippen hier ...

Aber das eigentlich bewegende war die Darstellung des Kindes. Jesus schlief, träumte und lutschte ad den Fingern seiner linken Hand! So menschennah hatte Nele den Jesus sonst nie gesehen und sie hatte ihn bereits in ihrer Jugend ins Herz geschlossen. So, wie er dalag, friedlich und beschützt von seiner Mutter, konnte man sich in die Zeit seines Wirkens zurückversetzen und so tun, als ob man direkt zu ihm spräche.

Im Hintergrund begann die Schola das Lied „Ich steh' an deiner Krippen hier ..." von Johann Sebastian Bach zu proben. Seltsam, was diese überirdisch wirkende Musik mit den eigenen Emotionen anstellt. Einfach nur großartig, sich fallen lassen ist angesagt.

Nele begann einen Monolog, ein Selbstgespräch:
*„Da liegst du in deiner zugigen Krippe, deine Mutter streicht
dir liebevoll über den Kopf und küsst dich auf die Stirne.
Du bist unter einem ganz besonderen Stern geboren und wirst
einmal das populärste Kind der Erdgeschichte sein. Die größte
aller Religionen wird sich einmal auf dich berufen und lehren,
du seiest Gottes Sohn und deine Mutter Maria eine Heilige.
Du wirst eifrig die Thora studieren und deine jüdische Religion
über alles lieben. Schon in frühem Alter wirst du entdecken, wie
sich vor allem die Priester und Schriftgelehrten in ihrem Reden
und Wirken von den Wurzeln dieser Religion immer mehr
entfernten und du beschließt, die Menschen wieder auf den richtigen Pfad zu führen. Du lehrst sie die Bedeutung der Nächstenliebe und prangerst die Gier als eine der wesentlichen Ursachen
für das menschliche Unglück an. Du wirst ein waschechter Re-
volutionär sein, der seine Religion aus einer tiefen Liebe heraus
erneuern will. An die Gründung einer neuen Religion denkst du
nicht. Deine Bergpredigt wird der meistzitierte und am wenig-
sten praktizierte Teil deiner Lehre sein, forderst du doch neben
anderem ein unbedingtes Armutsgebot und die Feindesliebe.
Dein Volk wird dir begeistert zuhören. Du findest Jünger und
hast vor allem unter den Frauen zahlreiche Verehrerinnen.
Zeigst du doch deutlich die besondere Wertschätzung, die du
ihnen entgegenbringst, und die Gleichwertigkeit von Mann und
Frau ist für dich selbstverständlich.
Aber die Priester und Schriftgelehrten werden deinem Eifer
äußerst kritisch gegenüberstehen, spüren sie doch deine Kraft,
die ihnen gefährlich werden kann. Sie werden einen Schaupro-
zess anzetteln und das Volk so manipulieren, dass es schließlich
die Todesstrafe für dich fordert und das, obwohl der römische
Statthalter Pontius Pilatus dich für unschuldig halten wird.*

Deine Hinrichtung wird so sein, wie dies im Herrschaftsbereich Roms tausendfach geschah: Du wirst qualvoll am Kreuz festgenagelt dein Leben langsam aushauchen. Das wird wohl einer der am besten dokumentierten Justizmorde in der Geschichte der Menschheit werden und das Kreuz wird nicht nur das Symbol deines Leidens, sondern das einer großen Religion sein.

Deine Lehre wäre im Laufe der abwechslungsreichen Geschichte Palästinas vielleicht für immer verloren gegangen, hätte nicht einer der Apostel, den du nie persönlich kennengelernt hast, daraus eine robuste, leicht und notfalls auch mit Gewalt zu verkündigende, herrschaftsfähige Religion geschaffen. Das Christentum mit dem Kreuz als Symbol, deinem Todeszeichen, umspannte im Laufe der Jahrhunderte die halbe Welt und vergaß deine Genügsamkeit, dein Armutsgebot und deine Feindesliebe. Die Frauen wurden wieder zu Menschen zweiter Klasse, was dich sicher besonders traurig gestimmt hätte. Im Namen dieser Religion werden die Menschen großartige Leistungen vollbringen und auch grausame Kriege führen. Millionen werden unterdrückt und in diese Religion hineingezwungen. Und wieder werden sich die Priester und Schriftgelehrten in ihrem Reden und Wirken von den Wurzeln dieser Religion immer mehr entfernen und niemand ist zu finden, der die Menschen auf den richtigen Pfad zurückführen wird.

Wie konnte das passieren? Hattest du doch vollkommen Recht mit deinen eingängigen Forderungen für ein friedliches, gedeihliches Zusammenleben! Wie kommt es, dass die Menschen vor allem an den Weihnachtstagen, deinen Gedenktagen, hoffnungsvoll den Frieden auf Erden einfordern, ohne dass dies je erhört worden wäre?

Wenig hat sich in den zweitausend Jahren verbessert. Viele Menschen werden nach dem Zweiten Weltkrieg der Meinung

*sein, die Menschheit könne sich nach so vielen Gräueln end-
gültig vernünftig, sprich friedlich weiterentwickeln. Aber nichts
wird geschehen. Alleine ab dem Jahr 1945 werden über 90 mehr
oder weniger schlimme und grausame Kriege geführt und man
fühlt es: Es entwickelt sich eher zum Schlimmeren als zum
Besseren.*

*Kommen wir zur guten Nachricht: Das vorher kriegsgebeutelte
Europa blieb nach diesem verheerenden Weltkrieg von solchen
Katastrophen weitgehend verschont. Geschaffen haben diese Situation aber nicht die Religionen, sondern mutige Menschen, die
die Prinzipien der Menschenwürde, Gleichberechtigung, Freiheit und Brüderlichkeit in eine Verfassung gegossen haben und
weiter dabei sind, diese in die Köpfe ihrer Bürger zu tragen und
hoffentlich auch zu festigen. Sicher wirst du einen beachtlichen
Teil deiner Ideen hier wiederfinden."*

... und denke an Europa

Nele hielt inne. Warum fällt ist es den Menschen denn so
schwer, solche eigentlich einleuchtenden Verhaltensweisen bedingungslos anzunehmen und auch anzuwenden? Der homo
sapiens wurde eben nicht wie im 1. Buch Moses beschrieben, von
Gott erschaffen, sondern entstand in einem Jahrmillionen dau-
ernden Evolutionsprozess aus fleischfressenden Raubtieren.
Dieser Raubtierkern, der nur notdürftig durch Erziehung und
Sozialisation mit einer Art Kulturschale zu ummanteln ist, bricht
in Not- und Stresssituationen immer wieder durch. Und ein
Raubtier liebt seine Feinde nur, wenn sie als Futter nutzbar sind
und beherrscht seine Gier nur im Dämmerzustand wohligen
Verdauens. Vielleicht ist dieser Raubtierkern genau der in uns
steckende Teufel, der uns daran hindert, den Forderungen nach

Genügsamkeit und dem Armutsgebot sowie der Feindesliebe zu folgen.

Aber wie könnten wir Menschen unsere unselige Raubtiervergangenheit mit ihrer Gier und ihrem Hass überwinden? Vielleicht macht es Europa vor mit seiner Verfassung und seinem täglichen Kampf um deren Durchsetzung. Vielleicht gelingt es diesem Europa, den an seinen Rändern wieder stärker durchschimmernden Raubtierkern zu überwinden und in die Köpfe der Völker eine robuste Europaschale einzubauen.

Könnten die Religionen helfen? Vielleicht, aber sicher nicht, so lange sie sich als zueinander konkurrierend empfinden. Da müsste schon eine Art Weltcharta der Religionen formuliert und angewendet sein, die vor allem auf den unseligen und kriegsstiftenden Auschließlichkeitsanspruch verzichtet.

Als Vorbereitung dazu könnten die Menschen lernen, die Ursache für ihr Dilemma ausschließlich in sich selbst zu suchen, denn Schuld sind nicht die anderen Menschen, die Institutionen oder Heilsbringer gleich welcher Couleur. Meditation und Einkehr, Mut zur Spiritualität und eine gehörige Portion Vertrauen in unsere Fähigkeiten sind eher hilfreich als Gebete zu abstrakten Instanzen.

Mahatma Gandhi kannte die Bergpredigt und nannte den Jesus von Nazareth einmal einen großen Menschheitslehrer. Nele resigniert: Wollen wir Menschen denn überhaupt belehrt werden?

Warum nur können Religionen so unendlich glücklich und auch unendlich traurig machen? Wahrscheinlich, weil Religionen eben nichts anderes sind als unvollkommenes Menschenwerk. Von Wesen geschaffen, die ihre Herkunft von Raubtieren leider allzu häufig nicht verbergen konnten. Wie schon einmal festgestellt: Einem g ö t t l i c h e n Religionsschöpfer wäre das alles sicher nicht passiert.

Raimon Panikkar , ein spanischer römisch-katholischer Priester und Professor für Religionsphilosophie unserer Zeit, hat es auf den Punkt gebracht: Religionen können das Beste im Menschen hervorbringen. Und das Schlechteste.

Der Fehler muss wohl tief in uns liegen, den von der Evolution nur ungenügend verbesserten Raubtieren.

Zur Erinnerung: Weiter oben hatten wir vermutet, dass es eine der Aufgaben der Religionen sein soll, den Raubtierkern des homo carnivorus friedensstiftend unwirksam zu machen, also zu kaschieren. Wenn Extremisten eine Religion jedoch so auslegen, dass sie selber zum allesfressenden Raubtier werden, dann muss man korrigieren – notfalls auch in den Texten und nicht nur in deren Auslegungen.

Schauen wir uns als nächstes unsere Spezies einmal genauer an und fragen uns, warum so oft und bei so vielen die zunächst vermutete Vernunft zumindest situationsabhängig auf der Strecke bleiben kann.

Lesen Sie die Erlebnisse des Berufsschullehrers Fritz Strack, Jahrgang 1984. Was er uns da mitteilen will, klingt alles sehr plausibel, manchmal auch zu einfach. Bei einigen Passagen bricht eine gewisse Oberlehrerhaftigkeit durch. So ist er halt. Aber halten sie durch. Es lohnt sich!

V - Steinzeitmodus

Bücherei. Stöbern. Abteilung Kinderbuch. Ich finde einige meiner Jugendlieben wieder, u. a. „Emil und die Detektive" von Erich Kästner. Sofort fallen mir auch einige seiner zahlreichen „Gedichte für Erwachsene" wieder ein, beispielsweise „Die Entwicklung der Menschheit": Mit „Einst haben die Kerls auf den Bäumen gehockt" beginnt er und beschreibt seine Sicht unserer Evolution bis hin zu der traurigen und abschließenden Erkenntnis, dass wir „... im Grunde noch immer die alten Affen" sind.

Am Orang-Utan-Gehege ...

Alte Affen? Bevor wir das vertiefen, darf ich mich kurz vorstellen: Fritz Strack, Lehrer an einer Berufsschule. Meine Lehrlinge oder korrekter: Auszubildenden, kommen meist aus Berufen, in denen sie etwas mit Elektro- und Informationstechnik zu tun haben. Eigentlich wollte ich Gymnasiallehrer werden und als Schwerpunktthemen die Fächer Biologie, Mathematik und Deutsch wählen, aber irgendwie hatte ich damals nicht den richtigen Dreh. So nehme ich heute Biologie als Hobby und besuche gerne zoologische Gärten. Wenn vorhanden, geht es als erstes immer ans Orang-Utan-Gehege, so auch einmal im Zürcher Zoo. Einer dieser gutmütig wirkenden zotteligen Kraftprotze mit dem typischen rotbraunen Fell hatte einen Gesichtsausdruck, hinter dem die Erkenntnis zu stecken schien, nur er lebe – im Gegensatz zu den ihn neugierig beg(affen)den Menschen – in völliger Harmonie mit sich und seiner Umgebung. Er hatte es sich in einem großen, horizontal angebrachten LKW-Reifen bequem gemacht und zerblätterte einen Salatkopf. Sorgfältig legte er die Blätter der Reihe nach auf den Reifenrand, beäugte sie und warf mir hin und wieder einen abschätzig wirkenden Blick zu. Während ich mit meiner überschüssigen Denkkapazität irritiert über meine Hektik und seine Ruhe nachdachte, begann er nach einer halben Stunde mit dem genüsslichen Verspeisen seiner Salatblätter. Hin und wieder schien sein Blick mich so zu fixieren, als ob jetzt in seinen Augen ein wohlwollendes Mitleid stecke.

Erich Kästner spielt in seinem Gedicht auf bisweilen peinliche Unzulänglichkeiten der Menschen an. Aber können Affen so grenzenlos bekloppt, meschugge, bescheuert, beknackt sein, wie es die Menschen während eines wesentlichen Teils ihres wachen Tages sind? Eine Antwort vorweg: Nein, sie können es nicht. Denn ihr Gehirn- und Denkvolumen passt genau zu dem, was sie so den ganzen Tag treiben, während die Evolution den Menschen einen erheblich überdimensionierten „Computer" beschert hat. Damit kann man im günstigsten Fall die Alltäglichkeiten besser gestalten, im Regelfall neben beachtenswerten kulturellen Leistungen aber auch jede Menge Unsinn treiben.

Dieses „Beklopptsein" zeigt sich auf allen gesellschaftlichen Ebenen und ist nahezu unabhängig vom Bildungsgrad. Für ihr beklopptes Verhalten haben die jeweils Betroffenen im Falle des Erwischtwerdens immer großartige

Entschuldigungen parat und ans Geniale grenzende Aus-
reden. Unsere Zeitungen sind voll von Berichten über unsere
teilweise erheblichen Unzulänglichkeiten.

... erkennt man den menschlichen Widersinn

Über ein krasses Beispiel berichtete n-tv am 26. Juli 2016:
*„Die Polizei im südostafrikanischen Malawi hat einen mit dem HI-
Virus infizierten Mann inhaftiert, der dafür bezahlt wurde, in
einer Art Initiationsritus junge Mädchen zu entjungfern. .... Der
etwa 40-Jährige hatte vergangene Woche ... berichtet, dass er auf
Wunsch der Eltern mit über 100 Mädchen geschlafen habe. Dieses
wenig bekannte Ritual wird im Süden Malawis praktiziert, um
Mädchen auf ihre Rolle als "gute Hausfrauen" vorzubereiten.
Dafür müssen sie unmittelbar nach ihrer ersten Menstruation
entjungfert werden. So sollen nach dem Aberglauben Krankheiten
und andere Unglücke von ihren Familien und Dörfern ferngehal-
ten werden. Nach Angaben des Festgenommenen waren einige der
Mädchen erst zwölf oder 13 Jahre alt."*

Da höre ich uns gebildete Mitteleuropäer raunen: „Na, ja,
das ist halt Afrika. So etwas gab es bei uns noch nie und wird
es auch nicht geben!" Das mag ja sein, aber für ähnliche
Kuriositäten sind auch wir gut.

Kleine Bekloppheit am Wegesrand: Glascontainer. Junge
Frau führt ihren Mops Gassi. Dieser verrichtet sein großes
Geschäft direkt unterhalb der Einwurföffnung. Ich meckere.
Antwort: „Wenn er muss, dann macht er halt!"

Oder: Gruppe erstürmt Fischrestaurant mit Selbstbedien-
ung. Teilt sich auf in die Bestellerclique und in ein Reservier-
rudel. Für die Dauer der Zubereitung steht die Clique war-
tend an der Theke, während das Rudel mit gelangweiltem

Blick vor leeren Tischen sitzend verstohlen auf die Platzsu-
chenden mit ihren vollen Tabletts schaut. Dabei sagt die Er-
fahrung: Wenn sich nur die Gäste mit den gefüllten Tabletts
hinsetzen würden, reichte der Platz für alle aus. Aber unser
Hamstertrieb ist bisweilen stärker als unser Verstand.

Dann noch ein Beispiel aus der deutschen Bundespolitik.
Immer mehr Waren werden trotz überfüllter Autobahnen
per LKW transportiert, obwohl die umweltfreundlichere
Bahn noch erhebliche Potentiale frei hätte oder diese organisieren könnte. Da wird – und dies keineswegs selten - eine
Familie in ihrem PKW zu Tode gequetscht, weil ein wahrscheinlich übermüdeter LKW-Fahrer ein Stauende nicht
registriert hat. Da befindet sich eine ganze Politiker- und
Manager-Riege in einer Art Steinzeitmodus und setzt gnadenlos Egoismus vor Gesamtinteresse.

Jetzt kommt es noch ganz dick: Der US-amerikanische
Präsident Dabbelju Busch lässt seine Soldaten 2003 völker-
rechtswidrig in den Irak einmarschieren. Alle Begründun-
gen für diese Tat erwiesen sich schnell als falsch: Der Irak
besaß keine Massenvernichtungswaffen, die Einführung der
Demokratie in die Länder des Mittleren Ostens muss schei-
tern, weil der streng ausgelegte Islam eine solche Staatsform
überhaupt nicht zulässt. Saddam Hussein war zwar ein
brutaler Diktator, aber unter ihm lebten die Iraker weniger
schlecht als heute. Vermutlich wäre der „Islamische Staat"
ohne Saddams Sturz gar nicht erst entstanden.

Diese Themen haben eine Heerschar von Psychologen
und Verhaltensforschern bereits ausführlich ergründet.
Auch mein Lehreralltag ist gewürzt mit passenden Kurzge-
schichten zu diesen und verwandten Themen. Ich habe mir
zwar einige einschlägige Wälzer zur Brust genommen, aber

im stressigen Lehreralltag käme ich bei den häufig und schnell wechselnden Themen mit dem Nachschlagen, Verstehen und Weitergeben nie nach. Schließlich ist eine schnelle Antwort für einen Lehrer wesentlich imagefördernder bei den Schülern als eine fehlerfreie aber zeitferne!

Wie wäre es, wenn ich immer dann, wenn das Beklopptsein bei meinen Schülern die Oberhand gewinnt, durch Nennen einer markanten Parole etwas Öl auf die sich aufschaukelnden Wogen gießen könnte? Denn auf Sätze wie: „Nun sind Sie doch bitte einmal ruhig!" oder „Wissen Sie eigentlich, warum Sie hier sind?" reagieren meine zukünftigen Gesellen und Facharbeiter schon lange nicht mehr. Und der wirksame Trick meines eigenen Oberstufenlehrers, im Falle zu großer Schülergeräusche selbst immer leiser zu sprechen und im Grenzfall sogar einen von uns zu einem geflüsterten Privatissimum an die Tafel zu locken, würde heute vollständig ignoriert verpuffen.

Auf der Suche nach einer Parole ...

Ich mache es mir zunächst einmal sehr einfach, vielleicht auch zu einfach: Die „Mutter" aller Ursachen dürfte in der Dimensionierung unseres Verstandes liegen: Für ein ausgeglichenes Leben, wie es unsere Orang-Utans haben können, ist unser Verstand zu groß. Um die Folgen unseres „Überverstandes" für die sozialen Gruppen aller Größen zu begrenzen, reicht er leider nicht aus. Egal, wie man solche von allen einzuhaltenden Lebensregeln auch nennen will: Ethik, Weisheit, Mitverantwortung: Die Evolution hat es nicht geschafft, ja nicht schaffen können, Menschen mit einem in allen möglichen Situationen wirkenden Gemeinsinn auszustatten. Und es ist sogar noch schlimmer: selbst

wenn wir gut ausgeschlafen, innerlich stabil und emoti-
onsarm eine Situation sachlich und mit viel sozialer Verantwortung ausdeuten, reicht uns oft eine geringfügige Abweichung im Befinden, schon sind wir wieder unsozial und
raubtierig.

Zur Erklärung hole ich mir ein paar hinreichend bekannte
Tatsachen in den Fokus. Unser Gehirn enthält vieles Ererbte
und Angeborene, was man mit einer hier tolerierbaren
Ungenauigkeit als „Instinkt" benennen darf. Das sitzt tief
drin, unveränderbar und in Jahrmillionen auf das aktuelle
Niveau geformt. Diese Instinkte haben unseren Vorfahren
oft genug das Leben gerettet und für eine evolutionäre
Weiterentwicklung unserer Spezies gesorgt.

Bereits bei den „alten Affen" legt sich um diese Instinktschicht eine ebenfalls lebensnotwendige Schicht für an-
spruchsvolle und vor allem auch aktuelle Situationen.
Unsere Eltern und die nähere Umgebung unserer Familie
prägen in den ersten Kindheitsjahren durch aktives Lernen
und je nach Kulturkreis auch mit mehr oder weniger sanfter
Gewalt diese Hülle, die einiges aus unserer Instinktschicht
hervorheben oder auch abschwächen und überdecken kann.
Das alles ist erforderlich, um uns auf ein für das Überleben
ausreichendes Maß zu Mitgliedern unserer Familie, Gruppe
oder Sippe werden zu lassen.

In diesen Schichten sind bereits ein paar grundsätzliche
Verhaltensmuster festgelegt:

- Finden wir einen Anführer vor, geht es uns besser
  als ohne diesen
- in Zeiten der Not rücken wir in der Familie und
  auch in der Sippe dichter zusammen

- alles Fremde werden wir argwöhnisch beobachten und bei den geringsten Zweifeln auch ablehnen.

Es gäbe hierzu noch viel zu sagen, doch ich leiste mir eine weitere Vereinfachung: Unsere Vorfahren im Paläolithikum konnten mit den Gaben dieser Grundschichten irgendwie überleben und wahrscheinlich auch in passenden Situationen glücklich sein – alle waren ja ähnlich aufgebaut und so etwas wie Kultur war zumindest in der Breite nicht erkennbar. Unsere Vorfahren befanden sich permanent in einer Art „Steinzeitmodus".

... zeigt sich die brüchige Kulturschale ...

Irgendwann zweifelten die Menschen an der Richtigkeit und Vollständigkeit ihres Grundwissens und begannen damit, durch Nutzung ihres „Denküberschusses" mehr oder weniger weit über den Tellerrand der Alltäglichkeiten hinauszudenken. Dabei handelten sie sich ein schwer überbrückbares Problem ein: Die neuen Erkenntnisse befanden sich als Bruchstücke in den Köpfen einiger weniger. Aber wie kann aus diesen Bruchstücken ein großes Ganzes entstehen? Schließlich kann man ja nicht in anderer Leute Köpfe schauen und auf die Frage: „Was denkst du gerade" muss man keine der Wahrheit entsprechende Antwort erhalten. Wir müssen glauben, was einer einem sagt. Wissen, was er denkt, können wir nie.

Ich nehme als anspruchsvolles Beispiel ein Thema wie Evolution oder Astronomie. Für Anhänger eines kreationistischen Weltbildes und mit einer naiv-naturalen Analyse des Sternenhimmels ist alles recht einfach. Pflanzen, Tiere und Menschen und die paar tausend Himmelskörper

einschließlich Mond und Sonne wurden, so wie es in der
Bibel, im Koran und einigen anderen religiösen Werken
steht, von Gott erschaffen. Basta!

Nun zwingen uns die Schulbücher, die Medien und viele
unserer Mitmenschen dazu, dies nicht mehr so einfach hin-
zunehmen. Vielmehr sollen wir aus dem Wissensschatz der
weltbesten Forscher schöpfend alle diese Weisheiten der
uralten Anschauungswelt als Trugbilder erkennen und auch
als solche behandeln. Wenn wir ehrlich sind, können wir das
Meiste nur glauben, denn zum Selberüberprüfen fehlen uns
alle Voraussetzungen. Kein Einzelgehirn wäre in der Lage,
alle der auch noch stetig wachsenden Erkenntnisse nachzu-
vollziehen. Wichtig: In der modernen Wissenschaft entstehen Erkenntnisse in Netzwerken und auch die Plausibili-
sierung erfolgt im Netz. Wir haben für viele Erkenntnisse
keine einer juristischen Betrachtung standhaltende Beweisführung, vielmehr bestätigen wir unser Wissen durch komplexe Wahrscheinlichkeitsbeweise. Eigentlich können nur
die klügsten und bestvernetzten Köpfe mit Aussagen wie
„Die Schöpfung ist ein aus sich heraus gestaltender Evolutionsprozess!", „Es gibt keine Gottwesen im Weltall!" oder
„Das Weltall besteht aus über 200 Milliarden Galaxien mit
jeweils über 100 Milliarden Sonnensystemen!" für sich als
einsichtig ansehen.

Was passiert nun, wenn sich ein gut gebildeter Mensch
mit diesen Themenkreisen beschäftigt? Nehmen wir an, er
hat Vertrauen in die Beweisführung der Wissensgiganten
und sich folglich nach ein paar Jahren des laienhaften (dilet-
tantischen) Forschens zum zufriedenen Evolutionisten oder
Atheisten gestalten können. Der harte Steinzeitkern ist nicht
mehr zu erkennen, weil ihn nun die glänzende Aura der

Kulturschale des Wissenden umgibt. Aber Vorsicht! Für viele ist diese „glänzende Aura" nur eine empfindliche und leicht zu störende Kaschierung ihres Steinzeitkerns, die in besonderen Not- und Stresssituationen leicht aufbrechen kann und uns dann wieder in den bequemen und zweifelsarmen Steinzeitmodus fallen lässt.

Springen wir zu einem anderen Beispiel. Die Führungsprinzipien des Steinzeitmodus glauben wir durch Demokratie und die Grundregeln einer offenen Gesellschaft überwunden zu haben. Das geht auch solange gut, bis plötzlich etwas Unerwartetes, Unheimliches, Unfassbares über uns hereinbricht: Dann laufen wir Gefahr, schnell wieder in den Steinzeitmodus zu verfallen.

Zu Beginn der gegenwärtigen Flüchtlingskrise haben die meisten die erstaunliche Festlegung „Wir schaffen das" auch geglaubt. Es bildeten sich tausendfach Privatinitiativen zum Helfen, Deutschunterrichten und Unterbringen. Die meisten Deutschen waren kollektiv im attraktiven Kulturmodus und versuchten sich entsprechend der uns eigentlich weitgehend unbekannten Flüchtlingskonvention der UN zu verhalten. Wichtig: Es waren weit und breit nur ein paar Flüchtlinge zu erkennen und die meisten entsprachen in ihrer Öffentlichkeitsdarstellung einem niedlichen und rührenden „Hilf mir"-Schema. Man spendete Haushaltsgegenstände und unterstützte die für richtig angesehene Integration in unser Gemeinwesen durch Kümmern. Auf unser Wahlverhalten hatte das Ganze überhaupt keinen Einfluss.

Doch dann wurde das Ausmaß dieser Belastung plötzlich bewusst: Hunderttausende teilweise weniger niedlich Wirkende begehrten Einlass, überrannten unsere Grenzen und Grenzwächter und überforderten unsere Kapazitäten in jedwedem Sinne. Was ist passiert? Was lässt uns so leicht wieder in den Steinzeitmodus fallen?

... die bei Angst leicht zerbröselt

Urängste haben uns aus dem Kulturmodus in den robusteren Steinzeitmodus transformiert. Wir fürchten uns plötzlich vor Unwägbarem, vor Überfremdung, vor Ausnutzung. Im Kulturmodus wissen wir allerdings: Zum Beispiel sind Diebstahlsdelikte in der Altersklasse, in der sich die meisten Flüchtlinge befinden, auch bei unseren Mitbürgern gleichwahrscheinlich. Im Steinzeitmodus dagegen verurteilen wir einseitig die Flüchtlinge für Eigenschaften, die Menschen aller Kulturen aufweisen können und rufen nach schärferen Gesetzen.

Ursache: In völlig neuen Situationen oder fremden Umgebungen können Gefahren lauern, also ist Vorsicht geboten. Ein ganzes Arsenal von Verhaltensweisen schützt uns: Zurückweichen, genauer hinschauen, sich am Nachbarn halten, Schreien um andere zu warnen oder Hilfe anzufordern.

Viele im Laufe des Lebens gewonnene Erkenntnisse der „Kulturschale" treten in ihrer Wirksamkeit zurück. Wir wechseln unbemerkt vom Kulturmodus in den Steinzeitmodus. Beispiele finden sich auch in unserer Funktion als homo politicus. Nicht wenige von uns stimmen bei der nächsten Wahl für die politische Rechte, obwohl wir im Kulturmodus auf deren dümmlichen Populismus nie hereingefallen wären.

Diese Zusammenhänge sollte allen Entscheidern klar sein: Jedes Problem hat einen spezifischen Schwellenwert für eine Umschaltung der Mitmenschen auf einen der beiden Modi. Appelle an den Kulturmodus („wir schaffen das")

haben keinen Sinn, wenn sich wesentliche Teile der Bevölkerung bereits wieder im Steinzeitmodus befinden.
Damit hatte ich die gewünschte

Parole „Steinzeitmodus" ...

gefunden. Meinen Schülern habe ich dies alles erklärt und
bald kam auch der erste Test. Im Unterricht behandelten wir
den Umgang mit WLAN für unterschiedliche Geräte und,
rubbeldiekatz, entspann sich eine heftige Diskussion über
die Betriebssysteme Android und IOS. Erst mein lautstark
eingeworfenes: „Steinzeitmodus" brachte eine erstaunte
Ruhe in den Raum. „Was macht ihr denn da? Ihr streitet um
die Nachteile des jeweils anderen Systems, weil ihr emotional eure Entscheidung für oder gegen ein Betriebssystem
glaubt verteidigen zu müssen. Dabei geht es sachlich doch
nur um die Einstellparameter!"

Alles grinste und blieb ruhig. Auch in kritischeren Situationen funktionierte die Parole. Einmal aber ging es fast
schief. Ich hatte kurz über den menschlichen Hang zum Feh-
lermachen gesprochen. In Wirklichkeit sind Fehler etwas
Schönes, weil man bei jedem Fehler auch etwas Neues lernen
kann. Das dahintersteckende Prinzip von „Versuch und
Irrtum" hat uns schon zahlreiche großartige Ideen beschert
und ist vielleicht auch als eines der Wirkungsprinzipien der
Evolution anzusehen. Ein muslimischer Schüler bekam
einen roten Kopf und fragte, was er denn jetzt glauben solle,
weil ihm seine Religion den Glauben an die Evolution ver-
biete. Das war gefährlich: Am liebsten hätte ich ihm zuge-
rufen, er befinde sich gerade tief im Steinzeitmodus. Das
hätte er sicher als ernste Beleidigung aufgefasst, oder schlimmer noch, als Kritik am Koran. Und das ist gewiss kein

Thema für das Fach Arbeitsmethodik an Berufsschulen. Also verkniff ich mir die Parole und brachte einen Allgemeinplatz: „Man kann ja nicht ausschließen, dass auch die Evolution ein göttliches Werk ist."

Zu Hause habe ich mich dann so richtig über mich geärgert: Die Fortschritte von Gentechnik und Molekularbiologie im 20. J.H. haben Darwins Theorie wissenschaftlich bestätigt. Darwins Feststellungen kombiniert mit den Erkenntnissen aus allen Teilbereichen der Biologie sind heute in der „Synthetischen Evolutionstheorie" zusammengefasst und gelten als die plausibelste Erklärung zur Entwicklung des Lebens. Warum nur habe ich dies nicht überzeugend vermittelt und es auf einen wahrscheinlich nur kleinen Knatsch mit dem jungen Mann ankommen lassen? Sicher ist er in seiner Argumentation auch gut gestützt durch die Millionen US-Amerikaner aus dem „Bibelgürtel", welche die Schöpfungsgeschichte der Bibel wörtlich nehmen und Darwin ebenfalls zum Teufel wünschen.

Mir fielen damals einige Schuppen von den Augen. Es ist nicht einfach, einen Unterricht zu halten, wenn religiöse Denkblockaden selbst bei einfachen Themen die Argumentation stören. Wie geht das dann erst an wissenschaftlichen Hochschulen?

... hilft nicht bei Grausamkeiten

Mein Lehrerstammtisch trifft sich donnerstags, spielt ein wenig Doppelkopf (dabei ist Unterhaltung unerwünscht) und gönnt sich anschließend ein Abendessen mit langsamem, bisweilen durchaus feuchtfröhlichem Ausklang (dabei ist Unterhaltung Pflicht).

Ich berichtete von meiner Idee mit der „Parole Steinzeitmodus" und den Reaktionen der Schüler. Das kam recht gut an. Thomas, ein Kollege aus dem breiten Spektrum der Metallverarbeitung, grinste:

„Pass' gut auf, dass deine Schüler die nächste Klassenarbeit nicht als Exkursion in die Steinzeit werten!"

Gute Idee, aber die zukünftigen Gesellen hatten die Angelegenheit doch eher ernst genommen. Einer meiner pfiffigsten Schüler hatte eine Frage, die ihn wohl sehr bewegte und unruhig werden ließ: ,Wenn Menschen anderen Menschen in einem Anfall von Grausamkeit unendliches Leid zufügen, sind sie dann auch im Steinzeitmodus?' Da habe ich doch echt geschluckt, denn offenbar hatte sich mindestens ein Schüler passende Gedanken gemacht. Die Pausenklingel ertönte und ich bekam also genügend Zeit, eine passende Antwort vorzubereiten. Wie sagt man da gerne: ,Da rettete der Gong!' Das Thema interessierte. Ich dozierte weiter: „Meiner Meinung nach passt hier die Metapher vom Steinzeitmodus nicht. Tiere kennen keine Grausamkeit: Frisst ein Jagdtier einem Muttertier die Jungen vor ihren Augen weg, hat der Jäger mit der leckeren Beute sicher keine Probleme, für die Mutter entsteht ein Verlust, den sie je nach Tierart eine kurze Zeit klagen lässt und schnell wieder vergisst. Bei uns Menschen verbieten natürliche Instinkte im Normalfall solche Handlungen, getreu dem Bibeltext nach Tobias 4,16: „Was du nicht willst, dass man dir tu, das füg auch keinem andern zu". Diese Regel kennen bekanntlich viele Kulturen. Wir sind also im „Normalzustand" nicht grausam, würden also einer Mutter ihr Kind nicht wegreißen und brutal ermorden.

Thomas hatte dazu eine gute Idee: „Einer meiner Lieb-
lingsphilosophen ist Michel Eyquem de Montaigne und in
einer Semesterarbeit habe ich vor vielen Jahren seine Gedanken über die schlimmsten Entgleisungen der Menschen ver-
arbeitet. Demnach sind Grausamkeit und Brutalität fester
Bestandteil unseres Wesens und ihre Folgen beschäftigt die
Menschheit, so lange sie denken kann. Immerhin prangert er
die Grausamkeit als größtes aller menschlichen Laster an.
Wenn ihr wollt, bringe ich zu unserem nächsten Treffen eine
Kostprobe mit!"

Alle waren einverstanden. Die Woche darauf las dann
Thomas aus seiner Semesterarbeit eine kurze Passage vor:

„[...] dass Menschen so barbarisch sein sollten, aus bloßer
Mordlust einen Mitmenschen zu töten, ihm Glieder abzu-
hacken, mit allem Scharfsinn unbekannte Qualen und neue
Todesarten auszudenken, und zwar nicht etwa aus Hass
oder Profitgier, sondern nur zu dem Zweck, sich an dem
Schauspiel eines Menschen in Todesnot zu weiden, an
seinen Schmerzensgesten und an seinem Stöhnen und
Schreien. Ist es nicht die Höhe der Grausamkeit, wenn ein
Mensch seinen Mitmenschen weder aus Zorn noch aus
Angst tötet, sondern nur, weil er ihn sterben sehen will? Der
Mensch hat, fürchte ich, von der Natur selbst etwas wie
einen Instinkt zur Unmenschlichkeit mitbekommen ..."

Das war dann auch eine beeindruckende Diskussions-
vorlage. Es ging heiß her, das Fazit waren dann folgende
Erkenntnisse: Gegen eine individuelle Brutalität kann man
nicht viel machen, das ist Veranlagung, falsche Erziehung,
spontaner Stress oder Schicksalsprägung.

Was de Montaigne nicht wissen konnte: Betrügerische
Finanzmanager, die Macher des Holocaust und mordende

Gotteskrieger haben etwas gemeinsam. Sie kennen kein Mitgefühl, kein Schuldbewusstsein, keine Empathie, können sich nicht in die Lage anderer hineinversetzen und sind unfähig, Verantwortung für ihr Handeln zu übernehmen. Etwa 1 bis 4 % der Menschen verfügt über diese angeborene „Soziopathie", die wahrscheinlich nicht heilbar, aber gut diagnostizierbar ist. Jede Gesellschaft sollte Mechanismen entwickeln, um diese gefährlichen Typen von der Macht fernzuhalten. Wenn diese Mittel nicht greifen, sind Katastrophen vorprogrammiert.

Was uns daher immer beunruhigen muss, ist die organisierte Erziehung und Prägung zur Grausamkeit: Gehirnwäsche, Indoktrination und auch die frühkindliche Totalprägung in der Sozialisierungsphase sind Verbrechen gegen die Menschlichkeit und wurden und werden von Staaten und leider auch von extremen Religionen geplant und durchgeführt. Beispiele gibt es zuhauf: Die Judenmörder der deutschen und österreichischen Nationalsozialisten, die spanischen und angelsächsischen Schlächter der Indianer, die japanischen Aggressoren kurz vor dem 2. Weltkrieg in Nanjing, so auch die Osmanen in Armenien und – in unserer Zeit – islamistische Extremisten in allen Teilen der Welt. Unbegreiflich, zu welchen Schandtaten sich Menschen hinreißen lassen: Da werden Opfer gehäutet, geröstet, gepfählt, geschändet und ermordet – es trifft Kinder, Frauen und Greise gleichermaßen.

Die Ursachen sind vielfältig. Menschenverachtende Ideologien, Hass auf die Opfer, ungebremst ausgelebte soziopathische Neigungen und ein grenzenlos übersteigertes Gefühl der intellektuellen und kulturellen Überlegenheit.

Bei Religionen kommt dann noch der Ausschließlichkeitsanspruch hinzu. Mittels Gehirnwäsche wird den so Manipu-
lierten alles genommen, was wesentlich unser Menschsein
ausmacht: Mitgefühl, Toleranz, Nächstenliebe und Achtung
voreinander.

„Wie kann man die so Geschädigten wieder korrigieren?"

„Ich weiß nicht, ob man diesen Dreck auch wieder rück-
standsfrei aus den vergewaltigten Hirnen herauswaschen
kann. Gerichtsprozesse haben leider zu häufig gezeigt, dass
die Betroffenen bis ins hohe Alter ihren menschenverachtenden Ideologien treubleiben werden!"

Thomas hatte noch etwas anderes auf dem Herzen:

„Ihr kennt ja mein eher von Skepsis geprägtes Verhältnis
zu den Religionen. Wenn die überhaupt zu etwas gut sein
sollten, dann zur Bekämpfung dieser menschlichen Unzulänglichkeiten, wie sie bereits Montaigne aufgelistet hat:
Verworfenheit, Grausamkeit, Ruhmsucht, Anmaßung und
Barbarei. Wenn sie dann noch die Empathie, auch die gegenüber den Feinden, stärken würden, wäre das Glück ja kaum
noch auszuhalten. Aber das wären so meine Grundforde-
rungen an alle Religionen. Ich kenne natürlich nicht viele
Religionswerke, aber so etwas genial Einfaches und Fried-
fertiges wie die Bergpredigt des Neuen Testaments habe ich
nirgendwo anders gefunden."

Jung, männlich und bekloppt ...

Mit dem folgenden Thema hatte ich in meinen Berufs-
schülern ja gerade die passende Klientel: Viele der (Jung)-
Männer im Alter von 16 bis 30 verhalten sich oft irrational.
Sie stürzen sich gerne in Gefahren, sind auch dann noch

rudelorientiert, wenn dies für sie schädlich werden könnte und hängen sich gerne an einen (An-)Führer.

Die Ursachen für dieses Verhalten sind mir schnell klargeworden: Im Jahrmillionen alten Daseinskampf unserer menschlichen und tierischen Vorfahren haben diejenigen Gruppen überlebt, die über möglichst viele kräftige, todesbereite und vor allem gehorsame Jungmänner verfügten. Beispiel ihrer Irrationalität: Bei einem gefährlichen Unterfangen wie beispielsweise einem kriegerischen Kampf oder dem Überqueren eines reißenden Flusses ist sich jeder der Teilnehmer sicher, er werde zu den Überlebenden zählen, da ja nur jeder Zehnte dabei zu Tode komme und er sicher nicht betroffen sein wird.

Diese Verhaltensweise steckt unverrückbar tief in uns, dafür sorgten die Gesetze der Evolution. Horden, in denen diese Art der Jungmänner weitgehend fehlten und bei denen stattdessen diskussionsfreudige Alles- oder zumindest Besserwisser das Sagen hatten, sind im Daseinskampf einfach untergegangen. Samuel Huntington hat in seinem bemerkenswerten Bestseller vom „Kampf der Kulturen" auf die Bedeutung dieses unerschöpflichen Reservoirs an kampfbereiten Jungmännern vor allem für expansionsorientierte Kulturen hingewiesen.

In Deutschland ist bereits beängstigend oft folgendes Stadtbild erkennbar: In vielen Städten dominieren die den Einheimischen als kulturfremd erscheinende Migrantenjünglinge dieser Altersklasse das Geschehen. Fände irgendwo eine Art Kulturkampf statt: Wo wären dann „unsere" Krieger?

Anscheinend wechselt diese Altersgruppe, wenn überhaupt, eher spät in den Kulturmodus.

... Sehnsucht nach Unterwerfung ...

Vor allem dann, wenn man eine Gefahr auf sich und die Gemeinschaft zukommen sieht, sucht man nach einem geeigneten Anführer, der alle wichtigen Aktionen leitet, Entscheidungen trifft und dem man sich unterwerfen kann. Man erträgt auch unvermeidbare Demütigungen, weil dies ja die anderen auch tun und man dieses Erdulden mit Tapferkeit verwechselt. Dieses Merkmal findet sich im Übrigen bei beiden Geschlechtern.

Dieser unselige Hang zur Unterwerfung in allen möglichen Notsituationen auch unter einen noch so unfähigen Führer hat zu zahlreichen Katastrophen geführt: Man denke an Hitler und seine Vasallen. Da setzt der Verstand selbst dann aus, wenn die Fehler der Führer offensichtlich werden. Oft erkennen die sich Unterwerfenden nach einer kurzen Zeit ihren Fehler, aber dann ist es oft zu spät, weil der Führer die kurze Zeit nutzen konnte, um seine Herrschaft zu festigen, d. h. möglichst alle in den gefügigmachenden Steinzeitmodus zu befördern. Dann geht es immer gerade denen an den Kragen, die alles rechtzeitig durchschaut hatten, aber mangels Macht und Masse dem unseligen Treiben tatenlos zusehen mussten.

... und dem Einfachen

Die Ursachen sind trivial: Etwas zu wissen ist anstrengend, es setzt Kognition voraus, also die Fähigkeit zum freien Denken, zum Erkennen und Lernen. Wissen fördert den Zweifel und die daraus entstehende Unsicherheit. Dann ist es oft schwierig, Gleichdenkende zu finden, die man ja zu einem Gedankenaustausch dringend benötigt. Reife ist

erforderlich, um der eigenen Unzufriedenheit über Wissens-
defizite nicht zu viel Raum zu geben.

Viel einfacher ist da das Glauben: Es muss nicht (kann
nicht!) rational sein, gibt dem Emotionalen in uns viel freien
Raum und zahlreiche Antworten. Gibt Geborgenheit vor
allem in der Gruppe Gleichgesinnter, Gleichglaubender.
Stillt die Unterwerfungssehnsucht.

Ein „normaler" Mensch sehnt sich also nach einfachen
Antworten.

Wenn es aber um Evolution, Weltall, Bausteine der Physik oder die Frage nach den Ursachen der Homosexualität
geht, sind einfache Antworten fast immer falsch, so sehr wir
sie uns auch wünschen.

Was für eine Welt!

Unser Verstand reicht nicht aus, um alle Zusammenhänge zu verstehen oder gar zu finden. Unser kleiner Kopf,
größer zwar als der unserer tierischen Vorfahren, ist zu
klein, um die uns umgebende Welt auch nur ansatzweise zu
begreifen. Die Evolution gab uns die Kraft, aus den Begrenzungen der Daseinsvorsorge herauszubrechen und die frei-
werdende Denkkapazität für Kreativität und Phantasie zu
nutzen. O hätten wir es doch bei Minne, Märchen und Musik
belassen (können). Aber das kaum zu zügelnde Raubtier in
uns fordert, scheinbar unsteuerbar, weiter seinen Anteil an
unserem Denk- und Merkvermögen. Wir erfinden Waffen,
Kriege, Betrugsmaschen und Beherrschungsrituale und sind
nicht in der Lage, uns auf ein friedliches Zusammenleben
hin zu organisieren. Peinlich für unsere Spezies: Während
die meisten Raubtiere mit dem Jagen und Töten aufhören,
wenn sie gesättigt sind und gelassen vor sich hindösen,

unterdrücken wir gerne dieses Sattheitsgefühl und morden, wenn wir als Horde entsprechend motiviert sind, nach einem kurzen Verdauungsnickerchen ohne jede Scham und meist auch ohne jedes Mitleid die von uns Geschundenen munter weiter.

Dabei hätten wir beim heutigen Stand der Agrarwissenschaft und bei einer vernünftigen Begrenzung des Bevölkerungswachstums eine reelle Chance, ohne Streit um die wirklich lebenswichtigen Ressourcen auszukommen und allen Menschen ein würdiges Leben in relativer Sicherheit zu ermöglichen, denn gegen die Naturgewalten sind wir immer noch verhältnismäßig schwach. Unser technischer Fortschritt macht es möglich, die Folgen von Erdbeben, Überschwemmungen oder Feuersbrünsten auf der ganzen Erde halbwegs erträglich zu machen. Stattdessen vernichtet die unzähmbare Habgier einiger Weniger nicht nur die begrenzten Ressourcen unserer kleinen und von uns nicht erweiterbaren Erde, sie erstickt auch jeden Ansatz zu einem friedlichen und von den Erkenntnissen des Humanismus getragenen Gemeinwesen.

So sind wir, und wir können da auch wenig verändern. Was wir jedoch können, ist uns mit all diesen Schwächen zu akzeptieren und vorsichtig sein mit allem, was die sensible Kulturschale angreifen könnte.

Zum Abschluss als Beispiel unsere Einstellung zur Homosexualität. Faktenlage: Die meisten Religionen grenzen Homosexuelle immer noch aus, einige islamische Länder ahnden sie mit der Todesstrafe. In der deutschen Gesellschaft herrscht inzwischen Einigkeit darüber, homosexuelle Paarbeziehungen anzuerkennen. Über die Ursachen besteht nur ein schwacher Konsens: Für die meisten christlichkonservativ Geprägten handelt es sich um eine Krankheit oder anerzogene Anomalie, die mittels teilweise unwürdigen Therapien korrigierbar sein soll. Im Kulturmodus nachgefragt, werden die meisten von uns die Anerkennung homosexueller Beziehungen tolerieren oder gar akzeptieren. Obwohl wir einschlägige wissenschaftliche Erkenntnisse möglicherweise nicht richtig verstanden haben, werden wir dies im Kulturmodus kaum zugeben. Man gibt die veröffentlichte Meinung als Pseudowissen weiter. Jetzt schauen wir die teilweise unangenehmen Bilder eines Christopher-Street-Days an: Knallig geschminkte Homosexuelle provozieren mit lasziven Gesten den Rest der Menschheit und zack, zack, zerbricht bei einigen von uns die Kulturschale und der Steinzeitmodus fordert sein Recht: Wussten wir eben noch etwas von Versammlungs- und Meinungsfreiheit und vom wissenschaftlichen Nachweis der Zwangsläufigkeit homosexueller Veranlagungen, so finden wir im Steinzeitmodus die ganze Angelegenheit eklig und denken über ein Verbot solcher Veranstaltungen nach. Die nur schwach ausgebildete Liberalität weicht den in frühen Jahren geprägten Vorurteilen, wir sind wieder ganz die Alten.

Selbsthilfe

Es hat natürlich keinen Sinn, die Wirksamkeit unserer Parole „Steinzeitmodus" bei anderen Mitmenschen unvorbereitet ausprobieren zu wollen. Wenn man aber spürt, wie einem durch irgendeinen Einfluss die Kulturschale zu bröckeln beginnt, dann könnte ein kurzer Gedanke an unsere Parole uns vielleicht doch wieder in den Kulturmodus zurückführen.

Zurück zur Berufsschule. In irgendeinem Fach kamen wir auf die Themen Fremdenfeindlichkeit, Brandanschläge auf Flüchtlingsunterkünfte und dem Erstarken rechtspopulistischer Parteien. Einer der Schüler stellte fest, man müsse für einige der Geschehnisse eigentlich Verständnis haben: „Wenn unsere Führung verkündet ‚Wir schaffen das' und kaum jemand kann sich vorstellen, wie das im Alltag funktionieren soll, dann kommt doch bei vielen die Kulturschale abhanden. Befinden sich die Brandstifter denn nicht vollständig im Steinzeitmodus?"

„Bravo!" sagte ich, glücklich und zufrieden, wie es ein Lehrer immer ist, wenn seine Schüler etwas Schwieriges kapiert haben. „Falls diese Typen überhaupt je in einem Kulturmodus gewesen sind, dann ist dieser durch die Angst vor dem Ungewissen, durch Hochschaukeln in der Gruppe Gleichgesinnter und durch die überreichlichen und nicht immer zutreffenden Informationen aus den Medien schnell zerbrochen."

„Aber diese Zusammenhänge sind doch unkompliziert" meinte ein anderer: „Jedem der großen Manager und Volksvertreter müsste eigentlich klar sein: Wenn sie mehr Fragezeichen als Tatsachen verkünden und damit tiefsitzende Ängste schüren, zerbröselt bei leider zu vielen die Kulturschale."

Vielleicht tun sie es, vielleicht auch nicht. Sie sollten einkalkulieren, dass bei den meisten Menschen die mühsam anerzogene oder freiwillig erworbene Kulturschicht keineswegs so robust ist, wie es die Abschlusszeugnisse unserer allgemeinbildenden Schulen suggerieren.

Mein alter Kommunikationslehrer zitierte gerne den österreichischen Verhaltensforscher und Nobelpreisträger Konrad Lorenz:

„Gedacht heißt nicht immer gesagt,

gesagt heißt nicht immer richtig gehört,

gehört heißt nicht immer richtig verstanden,

verstanden heißt nicht immer einverstanden,

einverstanden heißt nicht immer angewendet,

angewendet heißt noch lange nicht beibehalten."

Das alles ist doch eigentlich ziemlich trivial. Und doch für die meisten unter uns im Alltag so erschreckend fremd und schwierig.

So sind wir also und müssen auch wohl so sein.

Und auch bleiben?

Utopien

Im „Der Spott der Weltgeister" erfuhren sie etwas über die Entstehung des Weltalls und der Menschheit, „Die Zweifelsfreien" analysierte eine Extremreligion. Das „Projekt Lukas 13"demonstrierte, dass komplexe Textsicherungsverfahren durchaus auch von genialen Menschen geschaffen worden sein können. In „Weihnachtsgedanken, einmal anders" zeigte Nele, wie dicht die Menschheit schon einmal an einer Erlösung war und im „Steinzeitmodus" erfuhren wir einiges über unsere typischen Schwächen.

Irgendwie kommen wir Menschen mit oder ohne Religion nicht aus der evolutionsverursachten Bredouille heraus. Der homo sapiens sapiens – was soviel bedeutet wie besonders weiser und kluger Mensch - leidet an einer unheilbar erscheinenden Fehlentwicklung: Er ist selten weise und häufig wie ein Raubtier. Die Leiden des homo carnivorus sind fast nicht auszuhalten. Was das Leiden verschlimmert, ist die scheinbare Ohnmacht gegenüber der unverschuldeten Prägung durch die Evolution.

Wie das mit den Menschen hier in Europa und auch
anderswo weitergeht? Niemand wagt dazu eine Prognose!
Aber mit Gedanken spielen ist ja immer erlaubt und statt
eines verlogenen Schlusswortes versucht es der Schreiber
dieses Buches mit Utopien.

Ordentliche Märchen beginnen immer mit ‚Es war einmal'.
Bei Zukunftsmärchen, also Utopien, geht das natürlich
nicht so einfach. ‚Es wird einmal gewesen sein, dass ...'
klingt ungewohnt und vor allem auch unromantisch. Da ist
es doch viel einfacher, wenn sie, liebe Leserin und lieber
Leser, sich gemeinsam mit mir in ein passendes
Zukunftsjahr beamen lassen.
Dort angekommen, erzähle ich ihnen dann einfach in
unserer neuen, gemeinsamen Gegenwart diese drei Utopien.
Ich spüre schon das sanfte Grummeln unseres Zeitschiffes.

Wir sind jetzt eine Menschengeneration älter geworden,
also Mitte der 40er Jahre des 21. Jahrhunderts. Peter und
Bülent treffen wieder zusammen.

VI - Osmanische Metamorphose

 Durch die zuckenden Augenschlitze erkannte ich das Innere eines Rettungswagens. Ein Sanitäter beugte sich über mein Gesicht, ein bärtiger Mann mit festem aber wohlwollendem Blick. Das Schütteln des Fahrzeugs übertrug sich auf die beiden Infusionsflaschen, deren Schläuche irgendwo in meinem Körper endeten.

Im Rettungswagen

„Mein Name ist Dr. Bülent Demir, nennen Sie mich bitte Bülent. Wir sind auf der Fahrt zur Uniklinik. Sie standen im großen Stadion nach dem Ende einer Musikshow nicht weit von einem Selbstmordattentäter und sind von herumfliegenden Teilen erwischt worden. Ihre rechte Körperhälfte wurde dabei verletzt. Können Sie mich verstehen?"

Sein Tonfall beruhigte mich etwas. Starke Schmerzen im Unterschenkel und im Bereich des Ellenbogens bestätigten sofort seine Aussagen.

„Ja, ich verstehe Sie. Mein Kopf dröhnt und die Schmerzen werden stärker. Haben wir uns nicht schon einmal irgendwo getroffen? Mein Name ist Peter Collignon!"

„Ja! Das war in der Fußgängerzone vor vielen Jahren. Sie hatten sich von ein paar Salafisten beeindrucken lassen und ich hatte versucht, Ihnen eine angenehme Seite des Islam nahezubringen."

Nach einer kurzen Pause:

„Die Infusion wird bald wirken, dann lassen die Schmerzen nach. Sie hatten noch Glück im Unglück, denn Lebenswichtiges wurde nicht verletzt. Ihr Blutverlust ist unkritisch."

„Bülent, ich werde also bald aus der Klinik wieder entlassen?"

„Sicher! Bleiben Sie so ruhig, wie es Ihnen möglich ist. Wir stehen jetzt in einem Stau. Viele Autos wollen wie wir in Richtung Innenstadt, und ein Ausweichen ist unmöglich. Sie können beruhigt sein, denn wir haben alles kurzfristig Wichtige an Bord."

„Weiß man etwas über den Attentäter?" fragte ich mehr mechanisch, denn das war ja im Moment völlig uninteressant.

„Nein!" erwiderte Bülent, „Er soll »Allahu akbar« geschrien haben, gefolgt von ein paar deutschklingenden Lauten."

„Ich weiß seit unserem damaligen Treffen, dass sie Muslim, genauer Alevit, sind. Darf ich sie etwas fragen? Solche Mörder beziehen sich in ihrem Tun immer auf den Koran. Sehen sie diesen Bezug auch?"

„Ich bin in Deutschland geboren, meine Eltern sind beide Kurden und haben es irgendwie fertiggebracht, mir ein Medizinstudium hier in dieser Stadt zu ermöglichen. Ich zähle mich zu den sogenannten gemäßigten Muslimen, kann kein Arabisch und lese, allerdings äußerst selten, in einer deutschen Koranübersetzung. Ein normaler Mensch kann die über 6000 Verse nicht alle kennen, aber ich weiß von vielen Stellen, die friedlich wirken und eine gute Stütze im Leben geben. An einigen Stellen jedoch wirkt der Koran auf

Nichtmuslime sicher hasserfüllt und brutal. Aber das Alte Testament der Bibel ist stellenweise auch nicht ohne."

„Aber diese kritischen Stellen der Bibel stehen nicht im Neuen Testament, und das ist für die meisten Christen der verbindliche Text. So fordert das Alte Testament z. B. für Homosexuelle die Todesstrafe, während das Neue Testament sie lediglich als sündhaft brandmarkt."

Bülent lächelte: „Ein schönes Beispiel. Diese alttestamentarische Strafe finden Sie im Koran nicht, und wenn einige erzkonservative Staaten dazu die Todesstrafe praktizieren, so können sie sich zu deren Rechtfertigung nicht auf den Koran berufen."

Der Krankenwagen fuhr wieder zügig weiter, nach wenigen Minuten erreichten wir den „Liegendtransporte"-Eingang einer Klinik. Polternd klappten die Fahrbeine aus meiner Liege. In der Aufnahme berichtete Bülent über mich und die Ursache meiner Verletzung. Bülent eilte auf mich zu.

„Sehen wir uns wieder?"

„Ja! Morgen, wenn mich die Ereignisse nicht auffressen!"

Von der Notaufnahme ging es direkt zum Röntgen, offensichtlich keine weiteren Feststellungen, alles war zufriedenstellend.

Eine freundliche, asiatisch aussehende Krankenschwester brachte mich in ein Zimmer, in dem sich bereits ein Patient befand. Ich war müde und dämmerte schnell in einen tiefen Schlaf.

Dann: Krankenhausroutine. Frühstück, Visite, mühsame Gesprächsversuche mit meinem Zimmernachbarn. Er war Bauarbeiter und durch die Unachtsamkeit eines Kollegen von einem Gerüst gestürzt. Bein- und Unterarmbruch.

„Bei so vielen Hilfsarbeitern mit schlechten Deutsch-
kenntnissen am Bau ist es nicht verwunderlich, wenn die Si-
cherheitsregeln nicht verstanden oder eingehalten werden.
An einer nicht fachgerecht gesicherten Traverse bin ich dann
in die Tiefe gestürzt!"

Er erzählte mir noch vieles von seiner Arbeit und seiner
Familie. Er war etwas älter als ich und stand kurz vor der
vorgezogenen Rente, wie sie nur noch die körperlich hart
Arbeitenden in Anspruch nehmen durften. Er hatte noch
eine altbewährte Lehre als Zimmermann gemacht. Nach
seiner Gesellenprüfung ging er auf eine dreijährige Walz
durch Deutschland, ein paar vergilbte Fotos zeigten ihn in
seiner Kluft mit Gepäck und Stock. Er war wohl mächtig
stolz auf seine Tippelei. Nach der Meisterprüfung hatte er
einen kleinen, heruntergekommenen Betrieb übernommen,
doch der wirtschaftliche Erfolg blieb aus und er verdingte
sich als Polier auf Baustellen in der näheren Umgebung. So
konnte er heiraten und täglich zusehen, wie seine zwei
Kinder aufwuchsen. Das Unternehmen, in dem er beschäftigt war, wurde irgendwann von einem türkischstämmigen
Unternehmer übernommen. Der führte wesentlich straffer
als es die Vorgänger taten, und wirtschaftlich ging es allen
gut. Vor allem gab es keinen Alkohol mehr während der
Arbeitszeit. Pünktlichkeit stand – wie so einige andere als
„typisch deutsch" angesehene Eigenschaften - hoch im Kurs.
Die Baustellen waren mustergültig sauber und die Häufigkeit von Betriebsunfällen lag deutlich unter dem Banchen-
schnitt. Daher verursachte sein eigener Unfall jede Menge
Nachfragen, und der Chef war persönlich engagiert.

Nachdenken ...

Ich hatte nun Ruhe zum Nachdenken. Die Geschichte mit Bülent und den Salafisten lag nun schon viele Jahre, Jahrzehnte zurück. Jahre, in denen sich Europa und insbesondere Deutschland mehr verändert hat als in vielen Generationen zuvor. Wie konnte das passieren? Die Einheimischen hätten schon vor der Jahrtausendwende erkennen müssen, wie ihr Bevölkerungsanteil dramatisch schwindet.

Ab dem Jahre 2010 meldeten alle möglichen Interessensverbände, wie vor allem Handwerk und Industrie, das Fehlen qualifizierten Nachwuchses. Aber nichts geschah. Typisches Versagen des „homo politicus": Der nordrheinwestfälische Ministerpräsident Rüttgers hatte vor Jahren mit dem Wahlslogan "Kinder statt Inder" für seine Partei geworben, als das Thema „Arbeitserleichterung für ausländische Spezialkräfte" Gegenstand des Wahlkampfes wurde. Er hatte zwar Recht mit seiner Forderung nach eigenem Nachwuchs, wurde aber vor allem aus dem linken Lager als frauenfeindlich verhöhnt und verlor mit großem Abstand die Wahl.

Abtreibung wurde, auch wenn es für sie keine soziale Notwendigkeit gab, von den Krankenkassen zunächst weiterbezahlt. Die Statistiken bestätigten: Die Geburtenzahl bei Migranten wurde im Laufe der Jahre wie bei den Einheimischen immer geringer. Trotzdem hatten Migranten immer noch doppelt so viele Kinder wie der Rest. Ein weiterer wesentlicher Unterschied war die schnellere Generationenfolge bei den Migranten: Die Frauen waren spätestens mit 22 fast alle zum ersten Mal schwanger, während sich dieses Ereignis bei den Einheimischen oft bis in den Anfang des 4. Lebensjahrzehnts verschob.

Die türkischstämmigen Migranten hatten immer wieder nachgerechnet, ob eine von ihnen gegründete Partei die 5-Prozent-Hürde überspringen könnte. Da sich zwei Interessengruppen herausgebildet hatten, schien dieses Ziel lange Zeit unerreichbar. Nach langen Verhandlungen schließlich kam es zur „Deutschen Fortschrittspartei" (DFP), die im Parteinamen jeden Bezug auf ihre Herkunft und Interessen vermied. Ehrlich wäre gewesen „Partei deutscher Muslime", aber man hoffte auch auf Stimmen aus dem Lager der Einheimischen. Die waren tatsächlich nicht mehr zu vernachlässigen, denn zahlreichen der einheimischen Männer gefiel der rigide Frauenkurs der Muslime, und sie sahen in einer muslimisch orientierten Regierung für sich selber kaum Nachteile.

Dann war es soweit. Bei der Bundestagswahl vor vier Jahren gewannen die Kandidaten der DFP auf Anhieb ausreichend Stimmen, um in den Bundestag einziehen zu können. Erfolgsentscheidend war die extrem hohe Wahlbeteiligung der Migranten. In Moscheen und einschlägigen Vereinen wurde die Werbetrommel gerührt wie vor Jahrzehnten in den katholischen Kirchen für CDU/CSU und man schätzt, dass 90% der Migranten auch zur Wahl gegangen waren. Die Einheimischen lagen nur bei der Hälfte. Das Ergebnis konnte sich sehen lassen: Die DFP lag bei 33% und war damit zur stärksten Partei aufgestiegen. An zweiter Stelle stand die CDU/CSU mit 20%, gefolgt von den Grünen mit 18% und den Rechten und der SPD mit je 12%. Nach langen Verhandlungen gingen DFP und die Grünen eine Koalition ein mit fast 54% der Parlamentssitze. Theoretisch wäre auch ein Zusammengehen von CDU/CSU, Grünen, Rechten und SPD zu einer Art „Nationalen Front" möglich

gewesen, aber dafür waren die Gräben vor allem zu den
Rechten zu tief. Hätte diese Gruppierung die verfassungs-
ändernde Zweidrittelmehrheit nicht knapp verpasst, wäre
ein Zusammengehen vielleicht doch möglich gewesen. Aber
was hätte man am Grundgesetz ändern müssen, um die sich
streng verfassungstreu gebende DFP zu schwächen? Außerdem: Zählte man nur die Stimmen der Wahlberechtigten
unter 50 Jahren, dann wäre die Koalition von DFP und den
Grünen auf über 63% gekommen. Das jüngere, aktivere
Deutschland war eindeutig DFP-lastig und eine Große
Koalition der Nichtmuslime hätte zu erheblichen inneren
Unruhen geführt. Für die im nächsten Jahr stattfindende
Bundestagswahl prognostizierten alle Institute eine weitere
Stabilisierung der aktuellen Koalition, da die neu wahlberechtigten Jungwähler zum größeren Teil Muslime waren
und ein beachtlicher Teil der eher konservativ-deutsch
wählenden Alten das Zeitliche gesegnet hatten bzw. haben
werden.

Im Bundesrat sah es ähnlich aus. Während die Ostländer
und Bayern noch von konservativ-deutschen Parteien dominiert wurden, verfügten die Westländer über einen im
Durchschnitt noch über dem Ergebnis der Bundestagswahl
liegenden DFP-Anteil.

Was war inzwischen alles geschehen? Religiös waren die
DFP-Wähler gemäßigte Sunniten, mit den Aleviten hatte
man Frieden geschlossen. Äußerst kritisch waren sie gegenüber den Glaubensbrüdern aus dem Maghreb, aus dem
ferneren Osten und – wenn man genau hinschaut – aus den
meisten arabischen Ländern. Die DFP war also eigentlich
eine türkische Partei und die beschlossenen Gesetze brems-

ten deutlich den Zuzug aus nichttürkischen Ländern. Türken konnten verhältnismäßig leicht einwandern, dafür hatte
auch schon die in den frühen 20er-Jahren dieses Jahrhunderts beschlossene Visafreiheit gesorgt und die Verhandlungen zur EU-Mitgliedschaft der Türkei standen kurz
vor ihrem Abschluss. Damit verbunden war ein Wegzug
vieler Türken von der Türkei nach Deutschland, weil durch
das Schrumpfen der deutschstämmigen Bevölkerung große
Teile der deutschen Infrastruktur brachlagen und in vielen
Städten und Gemeinden diese nur durch türkischstämmige
Deutsche aufrechterhalten werden konnte. Diese hatten inzwischen viele Handwerksbereiche erobert und arbeiteten
mindestens so gut und zuverlässig wie früher einmal die
Einheimischen. In den Kursen zur Vorbereitung zur Meisterprüfung waren die Migranten überproportional vertreten,
und die jungen Meister wagten meist auch den Sprung in die
Selbständigkeit.

Nach dem Tode Erdoğans wurde die Stimmung in der
Türkei weniger islamistisch, man besann sich wieder stärker
auf das Erbe des Staatsgründers Kemal Atatürk. Dieser hatte
der Türkei einen strengen Laizismus verordnet, den Erdoğan aufzuweichen versuchte. Daher konnten die deutschen
Grünen auch eine Koalition mit der DFP eingehen. Isla-
mismus wurde eher den arabischen Muslimen zugeordnet.

Die Grünen verhandelten sehr geschickt mit der DFP,
trotzdem fand sich verstärkt türkisches Gedankengut im
deutschen Alltag wieder. Zahlreiche Gesetze förderten das
Kinderkriegen, so wurde die soziale Absicherung von Müttern im Alter gegenüber dem vorherigen Modell wesentlich
verbessert. Die Höhe der Rente wurde nur geringfügig vom
Erwerbseinkommen, aber wesentlich von der Kinderzahl

der Frauen bestimmt. Als Folge davon waren immer weniger Frauen während der Familienzeit berufstätig. An den Arbeitsplätzen waren also die 20- bis 40-jährigen Frauen deutlich unterrepräsentiert.

In der Erwachsenenbildung war das Thema „Wiedereinstieg nach der Familienzeit" sehr wichtig geworden und genoss eine intensive staatliche Förderung.

Thema Schulen: Die Laufzeit bis zum Abitur wurde verkürzt und der Unterrichtsstoff gestrafft. Das Abitur wurde so in den meisten Fällen mit dem achtzehnten Lebensjahr erreicht. Damit schafften viele Frauen zumindest an den Fachhochschulen den Studienabschluss noch vor dem 24. Lebensjahr und konnten anschließend (mit dem Bachelor-Abschluss in der Tasche) mit der Familiengründung starten. Im Idealfall, d. h. bei drei Kindern und 20 Jahren Familienzeit, standen sie spätestens im Alter von 45 Jahren wieder dem Arbeitsmarkt zur Verfügung. Mit diesen Maßnahmen ging das am Arbeitsmarkt dringend benötigte „Humankapital" der Frauen nicht verloren, für den Erhalt der Einwohnerzahl war gesorgt und der Stress mit den im alten System unwürdig benachteiligten alleinerziehenden Frauen drastisch reduziert. Fortbildungskurse, teilweise familienzeitbegleitend, wurden staatlich gefördert. Unter dem Strich standen sich die Frauen in dem neuen System sowohl finanziell als auch imagebezogen besser.

Im Familienrecht wurde die Rolle der Männer wieder gestärkt, ganz im Sinne des Islam. Allerdings standen vor allem Väter in einer wesentlich härteren Verantwortung gegenüber ihren Frauen und Kindern. Insgesamt fiel man nicht auf den Status zurück, den Deutschland z. B. vor dem Jahre 1968 hatte. Scheinbare Kleinigkeiten: Frauen und

Männer mit Kindern konnten früher in Rente gehen als solche ohne, hatten eine bessere Rente und auch Vorteile bei der Gewährung von Rehabilitationsmaßnahmen. Überhaupt hatte man die betriebswirtschaftlich bedingte Frühverrentung komplett abgeschafft. Nur bei gesundheitlichen Problemen war die Frühverrentung noch möglich, vorausgesetzt, eine schonendere Beschäftigung war nicht zumutbar oder nicht verfügbar.

Das neue Strafrecht führte zu schnelleren Verurteilungen und höheren Strafen, allerdings auch zu spürbar mehr Ungerechtigkeiten. Die durchschnittliche Prozessdauer halbierte sich nach einer Einführungszeit. Es gab deutlich weniger mildernde Umstände: Hatte z. B. jemand einen Verkehrsteilnehmer im Zustand der Volltrunkenheit getötet, gab es ein Strafmaß für „Totschlag ohne mildernde Umstände".

Im Medienrecht gab es starke Veränderungen. Die Freiheit des Wortes wurde spürbar eingeschränkt, kritische Satire als „gesellschaftsverrohend" abgestempelt. Kritik an staatlichen und religiösen Institutionen stand unter besonderer Beobachtung, es gab häufig Berufsverbote für kritische Journalisten und Parodisten.

Interessant war die Entwicklung im Verhältnis der Religionen untereinander. Christen- und Judentum wurden zumindest nicht erkennbar geschwächt (wenn man von der Abschaffung der Kirchensteuer einmal absieht), amerikanischen Sekten in Deutschland wurde weitgehend die Basis entzogen und der Islam als eine der drei Staatsreligionen etabliert. An einer kleinen Sensation hatten vor allem die Grünen mitgewirkt: eine offizielle Verlautbarung der neu gegründeten „Deutschen Moscheevereinigung" legte den Schwerpunkt dessen, was in den Moscheen gelehrt wird, auf die mekkanischen Suren, da zahlreiche der medinensischen Suren nicht verfassungskonform waren. Dadurch konnten die in Deutschland zahlenmäßig durchaus bedeutenden Aleviten in der Moscheevereinigung mitwirken. Notiz am Rande: Auch die christlichen Kirchen korrigierten einige ihrer Normen in diesem Sinne.

Die Stärkung des türkischen und die deutliche Schwächung des arabischen Einflusses hatte auch unangenehme Folgen. Immer wieder kam es zu schrecklichen Terrorakten wie zu Beginn dieses Jahrhunderts.

Innerhalb der Europäischen Gemeinschaft gab es erhebliche Spannungen, da die in Frankreich und Belgien ebenfalls starken muslimischen Parteien historisch eher arabisch orientiert waren. Einige Osteuropäer waren nur noch assoziierte EU-Mitglieder und orientierten sich stärker an der russischen Politik.

Das war so mein kleiner Rückblick.

Bülent war bei der Visite mit dabei. Mein Zustand war sehr zufriedenstellend und eine Entlassung in drei Tagen möglich, wenn keine Komplikationen aufträten.

Wir beschlossen, uns nach dem Klinikaufenthalt zu treffen und tauschten (wieder einmal) die Kontaktdaten aus.

Mein Zimmernachbar musste etwas länger im Krankenhaus bleiben. Er bemerkte die Vertrautheit zwischen Bülent und mir und überraschte mich mit der Feststellung, ihm seien „die Türken" als Zuarbeiter auf dem Bau wesentlich lieber als versoffene Deutsche oder die undurchsichtigen Typen, die aus allen möglichen Teilen der Welt sonst noch zu uns gekommen waren.

... mit Bülent ...

Bülent wohnte in einem schmucken Haus am Stadtrand. Seine Kinder waren schon aus dem Haus und seine Frau Esther arbeitete halbtags in einer Bücherei als Bibliothekarin. Die beiden hatten sich im Stil der Einheimischen eingerichtet, ich fand nicht viel typisch Türkisches. Beim Aperitif – ein würziger Cynar - plauderten wir über die Ereignisse der letzten Jahre:

Bülent: „Wie du weißt, bin ich hier in Deutschland geboren. Die Veränderungen nach der letzten Bundestagswahl betrafen mich nicht wirklich, weil nach dem Tod von Erdoğan sich die Stimmung besserte und die Aleviten offiziell akzeptiert wurden. Die Kurden in der Türkei hatten sich mit einer Teilautonomie zufriedengegeben, zumal kleine Teile des syrischen Kurdengebietes dazugekommen waren."

„Und was glaubst du, wie es weitergehen wird?"

„Ihr Deutschen könnt jetzt schon kaum noch verhindern, dass euer Land immer stärker von den Türkischstämmigen geprägt wird. Vergesst aber nicht: Auch ihr habt uns ehemaligen Migranten eine Menge von eurer Lebensart mitgegeben.

Euer Fehler war eure totale Individualisierung in allen Bereichen des Lebens. Ihr hattet vergessen: Es gibt auch eine deutsche Nation, die wichtige Anforderungen an die Individuen stellt. Ich habe Verständnis für euer Verhalten, denn ihr hattet in der Hitlerzeit ein extrem schlechtes Vorbild in Sachen Nation.

Einer eurer typischen Probleme war, das Kinderkriegen als eine individuelle Dienstleistung der Frauen für sich und ihre Familie und nicht für eure Nation zu verstehen. Und eure Frauen bekamen dann auch wesentlich weniger Kinder, als zum Erhalt der Bevölkerungsgröße der Nation erforderlich gewesen wären. Soweit aber darf der Individualismus nicht gehen. Ihr hattet schlicht vergessen, den Frauen attraktive Wege zum Muttersein aufzuzeigen. Stattdessen sank das Image von Müttern spätestens ab dem dritten Kind leider zu oft auf das von Sozialhilfeempfängern."

„Aber du kannst doch den Frauen nicht vorschreiben, ob sie und wie viele Kinder sie bekommen sollen!"

„Den einzelnen Frauen natürlich nicht, aber durchaus der Gemeinschaft aller Gebärfähigen. Das klingt paradox, ist aber so oder so eine Art der Quadratur des Kreises. Die meisten Frauen wünschen sich doch Kinder, haben aber keine Lust dazu, mit dem Kindersegen ins soziale Abseits zu gleiten. Ihr habt auf die Kirchen vertraut und gehofft, sie lösten dieses Problem für euch emotional-religiös. Übersehen habt ihr den sinkenden Einfluss dieser Institutionen in der Gesellschaft. Vor vielen Jahren ist mir da euer hier passender Spruch aufgefallen: Wie man sich bettet, so liegt man."

Peter holte tief Luft. Was ihn am meisten ärgerte war sein Unvermögen zu einer passenden Antwort. Irgendwie stimmte alles und sprach für Bülents scharfsinnigen Verstand.

... zu den Muttersöhnchen ...

„Ich habe dich in die Enge getrieben, Peter, das tut mir leid, aber es musste einfach raus. Nimm es mir bitte nicht übel, aber ich habe da noch eine Ungereimtheit mit schlimmen Folgen entdeckt: Euer Umgang mit jungen Männern. Als Naturwissenschaftler und vor allem auch als Mediziner

stehe ich zu 100% auf der Seite der Evolutionslehre. Und
nach der haben sich im Laufe tausender Generationen viele
der Jungmänner zu einer Art willfährigem Kanonenfutter
entwickelt. Die Sippen und Völker benötigten für Vertei-
digung und Eroberung einen mächtigen Anteil gehorsamer
Kämpfer, die einer energischen Führung nahezu blind folg-
ten, die todesbereit auch hohe Gesundheits- und Todes-
risiken in Kauf nahmen. Es haben eben die Gruppen überlebt, die entsprechend ausgestattet waren.

Für die Erziehung dieser Männer brauchst du vor allem
Respekt und Konsequenz. Früher haben sich eure Erzie-
hungsberechtigten, d. h. Väter und Lehrer, vor allem über
ihre persönliche Autorität, ihrer Vorbildfunktion und -
wenn dies alles nicht fruchtete – auch durch Körperstrafen
Ansehen verschafft, wobei die meisten keineswegs dauernd
prügelten, sondern meist nur damit drohten. Der Jungmann
hatte also immer die Wahl zwischen Wohlverhalten oder
spürbaren Nachteilen. In meiner Erziehung hat mein Vater
nur dreimal kräftig zulangen müssen, in den langen Zeiten
dazwischen reichte die passende Mimik und Gestik aus, um
mich wieder auf die rechte Spur zu bringen. Für seine Art,
mich durch den Dschungel der Flegeljahre zu leiten, habe ich
ihn aufrichtig geliebt."

„Ist das ein Plädoyer für die Wiedereinführung der
Prügelstrafe an den Schulen?

„Nein, Neiiin!" Ich plädiere nur für die Wiedereinführung der Achtung vor den Erziehenden, für das Akzeptieren
und natürlich auch für das Liefern von Autorität. Und dabei
kann es hin und wieder erforderlich sein, Druck auszuüben.
Mehr nicht. In den meisten türkischstämmigen Familien ist
das Machtwort des Vaters noch immer die Richtschnur. Euer

Modell führte in den frühen 20er Jahren doch dazu, dass niemand mehr Lehrer werden wollte. Man hatte die Lehrer alleine gelassen mit den Launen meist schlecht erzogener Halbwüchsiger und ihnen die Möglichkeit genommen, irgendwelche wirksamen Drohkulissen aufzubauen."

Peter war nicht bereit, Bülents Ideen ohne Vorbehalt zu folgen:

„Aber das hatten wir doch alles schon einmal erlebt. Ohne die anerzogene Autoritätsgläubigkeit wären doch viele nicht auf die Nationalsozialisten hereingefallen. Wir sollten doch froh über unsere freie Gesellschaft sein."

„Die Nazis waren ein vermeidbarer Unfall in der Geschichte der Deutschen. Aber ihr habt uralte, von der Evolution entwickelte Verhaltensweisen ignoriert und schlimmer noch, ihr habt versucht, sie abzuschaffen. Das rächt sich. Knaben benötigen in den meisten Fällen eine harte Hand. Wenn sie die spüren, erkennen sie das Leittier und fühlen sich auch dann wohl, wenn ihnen die Situation gerade gegen den Strich geht. Eure Bildungstheoretiker haben jeden Druck bei der Erziehung der Jungs als ‚Rechtes Gedankengut' verteufelt und die Wirkung der Evolution komplett ignoriert!"

Jetzt holte Bülent holte noch einmal richtig weit aus:

„Mein Vater hatte mir während meiner Gymnasialzeit von dem Rat eines seiner Deutschlehrer berichtet, der ihm dringend die Lektüre von Schillers ‚Glocke' empfohlen habe, wenn er die ‚Deutschen richtig verstehen wolle'. Bald kam dann auch ‚Die Glocke' in meinen Unterricht. Nicht zum Auswendiglernen, das war leider inzwischen in Deutschland als altmodisch in Verruf geraten, aber zum intensiven

Interpretieren. Beeindruckt hatten mich viele Stellen, u. a. auch:

> *Der Mann muss hinaus*
> *Ins feindliche Leben,*
> *Muss wirken und streben*
> *Und pflanzen und schaffen ...*

Das ist es, worauf die Erziehung der Jungmänner hinwirken muss: Möglichst frühzeitig hinausschicken in die unbequeme Welt und in die Lage versetzen, sich dort auch erfolgreich zu bewegen. Jetzt schau dir doch mal die in vielen Familien noch nicht abgenabelten rüstigen Endzwanziger an, die sich von Mutti noch immer bekochen lassen – die Koch*wäsche* mit eingeschlossen – und dort auf eine kaum zu definierende Frau warten! Für viele von ihnen ist der Lebenszug doch längst schon abgefahren auf ein ‚Maximal-Ein-Kind-Gleis'. Meines Eindruckes nach sind bei diesem Thema die meisten türkischstämmigen Männer besser aufgestellt. Verstehe mich richtig: Ich sage nicht, *alle* deutschen Jungmänner sind Muttersöhnchen. Nur sind es leider zu viele! Ihr wart noch vor zwei Generationen so, wie es sich Schiller gewünscht hätte und wie es wahrscheinlich auch den meisten Frauen sympathischer wäre. Aber dann passierte das, was ich flapsig als Entmännlichung der Gesellschaft bezeichnen möchte. Auch mir geht das Imponiergehabe vieler Jungtürken auf den Geist, aber das legen sie dann nach der Abschleifphase meistens erfolgreich ab und werden richtige Kerle, die ohne Wenn und Aber für ihre Familien und Kinder kämpfen. Und das tun sie mit einer gewissen Würde. Außerdem darfst du nicht vergessen: auch dieses Imponiergehabe folgt einer archaischen Prägung."

Esther hatte die ganze Zeit in der Küche gewirkt und
öffnete die Tür zum Esszimmer: „Genug diskutiert, sonst
werdet ihr noch zu echten Streithähnen. Bülent, du küm-
merst dich noch um die Getränke."

... und zur Entspannung Nasreddin Hodscha

Es wurde ein sehr harmonischer Abend. Esther hatte aus
ihrer Buchhandlung eine Anekdotensammlung des „türkischen Eulenspiegels" Nasreddin Hodscha mitgebracht und
wollte unbedingt noch ein paar Weisheiten daraus loswerden: „Ihr Deutschen habt doch auch eine beachtliche Anzahl
von Witzen über Beamte oder das Beamtentum. Das Problem aller großen Verwaltungen, Menschen zu benötigen,
die ohne jede Empathie nur nach Vorschriften entscheiden,
ist so alt wie die Menschheit und auch im gut durchorga-
nisierten Osmanischen Reich gab es diese Typen. Hört mal,
was Nasreddin vor über 750 Jahren daraus gemacht hat: ‚Als
ein neuer Beamter im Dorf eintraf, war jedermann schnell
dabei, diesen vor Nasreddin zu loben: »Dieser neue Beamte
kennt sich gut aus, hat einen soliden Verstand und einen
Kopf voller Intelligenz!« Ohne zu zögern erwiderte
Nasreddin »Möglich, dass das so ist, denn ein Beamter
benutzt seine Intelligenz ja nicht und so bleibt sie vollständig
in seinem Kopf erhalten!«"

Wir lachten herzlich und Esther vermerkte noch, dass
Nasreddin vor allem als weiser Mann galt.

Auch hier wieder eine passende Geschichte: „Ein Bauer,
der nicht lesen konnte, brachte Nasreddin Hodscha einen
Brief und bat ihn, diesen vorzulesen. Doch der Hodscha
sagte ihm: ‚Die Handschrift ist sehr schlecht und daher kann
ich den Brief nicht lesen.' Da wurde der Bauer böse: ‚Du

trägst den Turban des Gelehrten und kannst noch nicht einmal einen Brief lesen!' Da setzte der Hodscha seinen Turban ab, legte ihn vor sich hin und meinte: ,Wenn du denkst, jeder, der einen Turban trägt, sei ein Gelehrter, dann setz du ihn auf und lies den Brief selber vor!'"

So ging das noch eine Weile weiter. „Zwischen Nasreddin Hodscha und Till Eulenspiegel, der ungefähr in der gleichen Zeit gelebt hat, gibt es beachtliche Gemeinsamkeiten," wusste Esther noch zu berichten. „Alle großen Kulturen der Menschheit haben beeindruckende Gemeinsamkeiten, auf die man sich stärker konzentrieren sollte als auf das Trennende."

Auf dem Nachhauseweg achtete Peter kaum auf seine Umgebung. Er wunderte sich, als er irgendwann seine Haustür aufschloss und verwirrt in seinen Fernsehsessel fiel. Hatte Bülent Recht? Hatte er zumindest ein wenig übertrieben?

Er ärgerte sich schon etwas über Bülents Nachhilfeunterricht in Sachen deutscher Literatur. Sicher ist das früher übliche Auswendiglernen der Glocke für so manchen eine Lebenshilfe gewesen. Natürlich ist vieles vom alten Schiller wörtlich nur aus der Zeit heraus zu verstehen, in der es geschrieben wurde. Aber eine Übertragung in unsere Zeit und auf unsere spezifischen Situationen ist oft gar nicht so kompliziert. Warum nur haben wir dies alles vergessen?

Oder sind wir in genau der Welt angekommen, die wir uns verdient haben?

Na, ja! Eine so richtig fröhliche und unbeschwerte Utopie ist das ja nicht. Fast so, als wenn im Märchen der Wolf das Rotkäppchen doch noch gefressen hätte. Wäre das etwas für sie? Frisst diese schleichende Missionierung – auch wenn es sich dabei um einen europäisierten, moderaten Islam handelt – nicht doch unsere alte Kultur? Haben wir noch die Kraft, eine Art von Symbiose zu schaffen? Wie retten wir über zweitausend Jahre Glück und Reinfälle, Erfahrungen und Niederlagen, Kriege und Friedensschlüsse, die uns geformt haben?

Wenn es anders kommen soll, müssten wir uns wieder auf unser in dreitausend Jahren gewachsenes Wertesystem konzentrieren, es wieder richtig verstehen und verteidigen! Und dafür sorgen, dass wir auch biologisch nicht zu einer aussterbenden Art verkommen.

Nun spinnt der Schreiber noch ein ganz anderes Szenario durch. Wäre das nun folgende Gedankenspiel eine Antwort auf die Frage, welches Gesellschafts- und Kulturmodell am besten zum ‚homo carnivorus' passt?

Wir bleiben in der gleichen Epoche wie die vorhergehende Utopie. Nele und Peter sind bei der Europäischen Gemeinschaft angestellt, leben zunächst in Straßburg, und später in Brüssel. Lesen sie bitte deren Beobachtungen und Erkenntnisse..

VII - Friendly Takeover

 Nele und Peter saßen auf der Terrasse ihrer gemeinsamen Dreizimmer-Wohnung im Brüsseler Vorort Ixelles. Sie definierten sich – inzwischen im Alter von Mitte Fünfzig angekommen – als eine „reife" Wohngemeinschaft: Gemeinsame Nutzung der sanitären Einrichtungen, Kostenteilung und man fand sich auch ohne Erotik sympathisch.

Ein Traum geht zu Ende

Sie blätterten in den Tausenden von Fotos ihrer Note-books herum und begannen ihre spontanen Kommentare oft mit: „Weißt du noch ...?"

„Unsere schönste Zeit in der EU waren doch die Jahre in Straßburg," erinnerte sich Nele: „Ich weiß noch, wie wir bei der Wohnungsknappheit eher verzweifelt in eine Drei-zimmer-Wohnung im Zentrum zusammengezogen sind, in der Rue de l'Aimant. Nicht weit weg von der Petite France und dem Bahnhof und mitten in einem der schönsten und urigsten Stadtteile von Straßburg. In der Umgebung gab es Restaurants und Bars im Überfluss, unser Stammrestaurant war ja die Vince'Stub in der Petite Rue des Dentelles. Wir hatten trotz der Mitarbeit im Parlament und in den Aus-schüssen eine eher romantische Vorstellung von Europa und das ließ uns überdurchschnittlich engagiert sein."

Nele saß damals für die Europäische Volkspartei (EVP) im Europäischen Parlament. Die in ihrer beruflichen Laufbahn gesammelten Erfahrungen brachte sie in den Ausschuss ITRE (Industrie, Forschung und Energie) ein, der seit Jahren von einem EVP-Mitglied geleitet wurde. Peter wirkte im Ausschuss FEMM (Rechte der Frau und Gleichstellung der Geschlechter) mit.

„Musstest gerade du im Ausschuss für die Gleichstellung der Geschlechter mitwirken? Das habe ich nie so richtig verstanden, denn eigentlich hätten wir tauschen sollen. Aber dir machte es Freude und ich hatte immer einen Grund zum Frotzeln!"

Beide hatten die Veränderungen in der EU aufmerksam verfolgt und in den letzten Jahren auch hautnah mitbekommen: Faszinierend die Geschwindigkeit der Reformen und irritierend der Trend zum Auseinanderdriften.

Aber nun der Reihe nach. Anfang der 20er Jahre hatte es die Europäische Gemeinschaft geschafft, die Briten wieder einzufangen. Damit prägte angelsächsischer Pragmatismus verstärkt die Entscheidungen. Den Ostländern kam diese Entwicklung durchaus entgegen, die ihnen zu idealistische Politik Deutschlands Mitte der 10er Jahre (als „Deutsche Spätromantik" verhöhnt) hatte in den meisten anderen Mitgliedsstaaten keine Freunde gefunden. Europas Grenzen waren für Flüchtlinge weitgehend abgeriegelt, es gab allerdings klare Einwanderungsbestimmungen, über die in den letzten Jahren über eine Million EU-Neubürger aus allen Teilen der Welt zuwandern konnten.

CETA und TTIP waren mit geringen Modifikationen doch noch verabschiedet worden. Die erhofften Impulse für die Wirtschaft waren aber deutlich geringer ausgefallen als von den Protagonisten prognostiziert.

Bei den Re-Brexit-Verhandlungen war allen Mitgliedern mehr oder weniger bewusstgeworden, dass die „Vereinigten Staaten von Europa" langfristig nur Bestand haben, wenn eine klare, allen Bürgern verständliche Arbeitsteilung zwischen den nationalen Parlamenten und den Institutionen der EU gefunden und auch gelebt wird. Hauptstreitpunkt in dieser Zeit war die Währungsunion. An der Stärke des Euro verdiente Deutschland nach wie vor am meisten, während es den wirtschaftsschwächeren Südländern von Jahr zu Jahr schlechter ging. Der Ruf nach der Rückkehr zu den alten Währungen wurde immer lauter. Nach langen Kämpfen und an Aufopferung grenzenden Zugeständnissen Deutschlands wurde dann der Grundstein zu einer echten Staatswährung für die gesamte EU gelegt, einschließlich der Staatsanleihen. Damit konnten EU-Staaten gemeinsam Schulden am Kapitalmarkt aufnehmen – die EU handelte also gesamtschuldnerisch. Verschiedene Maßnahmen zur Haushaltsdisziplinierung vor allem der wirtschaftsschwachen Länder wurden beschlossen. Die EU, so hatte man endlich begriffen, würde langfristig im weltwirtschaftlichen Rahmen weiter an Bedeutung verlieren, wenn sie nicht auch finanzpolitisch als robuster Block agierte.

Trotz aller Gegenmaßnahmen kollabierten Mitte der 20er Jahre die Südländer. Die EU geriet ins Taumeln, eine Verkleinerung der Eurozone alleine hätte nicht mehr ausgereicht. Dafür waren die grundsätzlichen Probleme zu groß geworden. Den Europäern blieb nichts anderes übrig, als sich enger an die USA anzulehnen. Mit angelsächsischer Sachlichkeit und ohne jeden Schuss Romantik wurde eine

Rettungsaktion ausgearbeitet. Einer der ersten Punkte war die Straffung der EU-Organisation. Alle Funktionen wurden schnell nach Brüssel konzentriert. Europa war in einer denkbar schlechten Verhandlungsposition und musste zahlreiche Kröten schlucken, die die US-Amerikaner genüsslich servierten, hier eine kleine Auswahl der von zahlreichen Europäern als Schmähung empfundenen Maßnahmen:

Konsequente Privatisierung und Übernahmen

ehemals staatlicher Unternehmen mit teilweise erstaunlichen Folgen:

Die Deutsche Bahn kam selbst mit „lebenserhaltenden" Investitionen nicht mehr nach, dafür erstickten die deutschen Autobahnen am immer dreister zunehmenden Güterverkehr. Dann stieg ein amerikanischer Großinvestor bei der Bahn ein und nach einer kurzen McKinsey-Analyse wurden die Eckwerte klar: Ausbau des Schienennetzes, Verbesserungen im Logistikbereich an den Übergabestellen zu lokalen Transporteuren, spürbare Erhöhung der Autobahnmaut und vor allem eine drastische Erhöhung der Steuern auf Dieselsprit. So leerten sich im Laufe der Jahre Autobahnen und Rastplätze wieder auf das Niveau der frühen neunziger Jahre und die Bahn verdiente Geld.

Die Rundfunkgebühren wurden abgeschafft und es überlebten nur die Dritten Programme, die vollständig werbefinanziert waren. Der im Grundgesetz geforderte Bildungsauftrag von Rundfunk und Fernsehen wurde nur von einer deutlich verkleinerten, steuerfinanzierten ARD im Rahmen des absolut Minimalen gewährleistet.

Viele städtische Theater wurden inzwischen geschlossen oder für andere Aufgaben umfunktioniert. Opern wurden eher selten aufgeführt und dann oft als konzertante Version. Bayreuth und Wagner gab es Dank finanzkräftiger Sponsoren immer noch.

Deutschlands Banken hatten gewaltige Probleme: Schummeleien mit den Bad-Banks, im internationalen Vergleich zu üppiger Personalbestand, in vielen Bereichen zu geringes Geschäftsvolumen. Auch hier stiegen US-amerikanische Banken zur Rettung ein, was für den Arbeitsmarkt schlimme Folgen hatte: Kassierten früher die Banken ganze Jahrgänge von Abiturienten und machten sie zu Bankkaufleuten, mussten tausende Filialleiter, Spezialisten und Kundenberater sich eine neue Einkommensquelle suchen. Nicht einfach, weil das in vielen Berufsjahren angesammelte Wissen kaum noch verwertbar war.

Ford war in Deutschland schon immer amerikanisch, nun kam auch noch der VW-Konzern hinzu, der an den Folgen der Gerichtsentscheidungen zum Abgasskandal Ende der 10er Jahre fast erstickt wäre. Nur BMW und Mercedes konnten ihre Selbständigkeit erhalten, kooperierten aber intensiver als vorher und hatten chinesische Partner.

Frühverrentungen gab es nur noch dann, wenn der Betroffene physisch oder psychisch arbeitsunfähig, also krank war.

Die Energiewende war gelungen. Die arabischen Länder verfügten nicht mehr über die Öl-Devisen und führten Krieg untereinander. Leidtragender war Israel. Autos mit Verbrennungsmotor waren aus den Innenstädten weitgehend verbannt, es gab ohnehin nur noch Elektro- oder Hybridautos bei Neuzulassungen.

Amerikanisierung des politischen Systems

In fast allen Mitgliedsstaaten der EU hatten seit Ende der 10er Jahre rechtspopulistische Parteien spürbar in der Wählergunst gewonnen. Die bürgerlichen und linken Parteien hatten sich geschworen, mit den Rechten keine Bündnisse einzugehen mit der Konsequenz, dass Länder und Staaten teilweise kaum noch regierbar waren.

Anfang der 20er Jahre fand eine denkwürdige und zunächst geheime Tagung von Spitzenvertretern der beiden größten Fraktionen des EU-Parlaments statt. Man einigte sich darauf, den Parteiprofilen der einzelnen Staaten einen deutlichen Rechtsruck zu geben, um den Rechtspopulisten einen Teil ihres „Wassers" abzugraben. Die Begründung war einfach: Eine gewisse EU-Müdigkeit, das gestörte Sicherheitsempfingen bei vielen Bürgern und vor allem die durch die unkontrollierte Zuwanderung entstandene tiefe Skepsis gegenüber dem den Anschein nach versagenden Staat hatte bei vielen EU-Bürgern eine gewisse Stumpfheit gegenüber allem fortschrittlichen Gedankengut entstehen lassen. Selbst die Grünen und teilweise auch die gemäßigten Linken kamen einfach nicht mehr an ihre früheren Stammwähler heran.

Immer mehr Menschen kamen aus dem „Steinzeitmodus" nicht mehr heraus und waren über die vielen Bürgern als zu intellektuell erscheinende Kulturschiene kaum noch zu erreichen. Also: Etwas nach rechts rücken, aber die Mitte so gerade nicht verlieren. Überhaupt erschien vielen ein Zwei-Parteien-System, wie es in den USA und in Großbritannien üblich war, besser geeignet zu sein. Ähnlich dachten auch viele Sozialdemokraten, was kein Geheimnis mehr war. In den Gedankenspielen fanden sich brisante Ideen wie die Einführung einer Sperrklausel von 10%.

Dann schafften es die Kommission und die Regierungen der Mitgliedsstaaten doch noch, dem EU-Parlament alle Rechte eines staatlichen Parlaments gegeben. Das Wahlrecht wurde gegen massive und teilweise auch brutal geführt Widerstände in ein relatives Mehrheitswahlrecht überführt. Es kam also je Wahlkreis nur der Kandidat mit den meisten Stimmen ins Parlament oder in die jeweilige Organisation. Als Folge verschwanden die kleinen Parteien fast vollständig von der politischen Bühne. Wie im Angelsächsischen gab es praktisch nur noch die Konservativen und die modernisierten Sozialdemokraten.

Den Parlamenten der Mitgliedsstaaten blieb nichts anderes übrig, als so peu à peu auf das gleiche Verfahren umzusteigen.

Wichtiger Nebeneffekt: Die meisten politischen Prozesse beschleunigten sich.

Auch im Strafrecht fand eine gewisse Angleichung statt. Saßen um die Jahrtausendwende in Europa bezogen auf 100.000 Einwohner knapp 90 Personen in einem Gefängnis, waren es inzwischen deutlich über 200. Das scheint viel zu sein, lag aber immer noch um einen Faktor drei unter den entsprechenden USA-Werten. Polizei und Gerichtsbarkeit waren mittlerweile spürbar aufgestockt, viele Täter erfuhren per Schnellgericht innerhalb von drei Tagen, welchen Knast sie für wie lange bewohnen durften. Besser waren die Menschen dadurch nicht geworden, aber das Volk war zufriedener.

Nele und Peter packten ihre Sachen in Straßburg, ein paar sentimentale Rückblicke auf das alte „aus Träumen geborene" Europa, das an seiner Verzagtheit scheiterte, brachten Tränen in ihre Augen. Der Umzug nach Brüssel in ihre jetzige Wohnung war kein Problem, die EU-Administration half wo sie konnte.

Kulturschock: 1KEnglish

Sie hatten sich nie auf einen gemeinsamen Lieblingswein einigen können. Peter hatte sich eine Flasche roten Cuvée von einem Pfälzer Weingut geholt, Nele liebte ihren Sancerre. Beide waren der festen Überzeugung, ihr Weinkonsum läge im Rahmen einer spaßmachenden Gesundheitsförderung. Brüssel und die Arbeit hier waren ohnehin nüchtern kaum zu ertragen.

„Du, Peter, erinnerst du dich noch an einen gewissen Mr. Jenkins von McKinsey, der mich mehrere Tage lang in einer Art Audit fast bis zur Weißglut brachte, weil er nach jeder neuen Erkenntnis über irgendeine europäische Prozedur mit einem süffisanten Lächeln „Oh, this is remarkably funny!" ausrief. Sicher, viele unserer Regelungen waren auf Anhieb nicht leicht zu verstehen, aber diesem Amerikaner fehlte komplett die Fähigkeit, sich in Europas Geisteswelt hineinzudenken."

„Was hätte der wohl sagen müssen, wenn damals schon das ‚1KEnglish', das ‚Englisch der 1000 Vokabeln' gegolten hätte? Ich glaube, da gehörte *remarkably* nicht dazu."

„Erinnere mich nicht an diese linguistische Katastrophe. Da wurde allen Europäern zunächst nur empfohlen, dieses ‚gibberish' zu lernen, dann kam eine brutale Regelung heraus: Jeder in der europäischen Öffentlichkeit hat das Recht darauf, mit 1KEnglish verstanden zu werden. Denk an die vielen verzweifelnden Verkäuferinnen, die von selbstbewusst auftretenden und 1KEnglish sprechenden Zuwanderern förmlich überfallen wurden und die dem meist auch noch schnell und im angeborenen Tonfall vorgetragenen Redeschwall kaum verwertbare Informationen entnehmen konnten. Die Chefs pochten darauf, dass sie ordentlich 1KEnglish verstehen und sprechen müssten, wenn sie ihren Job behalten wollten."

Peter erinnerte sich sehr wohl an diese Sprachschande, wie er sich auszudrücken pflegte:

„Am sauersten waren die Briten selber. Nachdem aus einer übertriebenen und vielleicht auch falsch verstandenen „political correctness" heraus einige Fernsehsendungen auch mit 1KEnglish auszukommen versuchten, mehrten sich damals die verzweifelten Hinweise auf den sich in seinem Grab in Dauerrotation befindenden William Shakespeare. Nimmt man einer Kultur ihre in Jahrhunderten entwickelte Sprache, so entzieht man ihr das Fundament."

Established, crowd und *precariat*

Nele kramte weiter in ihrer Bildersammlung. Bilder einer Demo in Brüssel, die gegen Kürzungen im Bildungsetat einzelner Mitgliedstaaten gerichtet war. Die EU-Kommission hatte dies angeordnet – wahrscheinlich wie so vieles auf Druck der Amerikaner.

„Weißt du noch, wie die Kommission plötzlich feststellte, Europa stecke viel zu viel Geld in Bildungseinrichtungen. Moniert wurde vor allem das ‚Gießkannenprinzip'. Wozu benötigen so viele junge Leute Abitur oder Matura, obwohl sie nicht ans Studieren dachten. Dafür konkurrierten sie mit Realschülern um Lehrstellen."

Bei diesem Thema kam auch Peter in Fahrt: „Aber das war nur der Anfang. Erinnerst du dich an eine Studie zu den Themen Bildung, Medien und Bevölkerungsschichten, die Mitte der 20er Jahre durch Indiskretion veröffentlicht wurde. Finanziert vom weltgrößten Medienkonzern und erarbeitet von einer der angesehensten US-amerikanischen Hochschulen sollte sie als Geheimpapier lediglich eine Hilfe bei der Standortbestimmung für alle möglichen politischen, sozialen und merkantilen Instanzen sein. Einer der Mitarbeiter bekam jedoch ein schlechtes Gewissen und lancierte einen unkommentierten Auszug ins Internet. Da brach vielleicht ein Getöse los!"

„Ich höre heute noch das Echo! Eigentlich eine Frechheit, wenn ein Medienkonzern die Bevölkerung dreist in drei Gruppen aufteilt um dann auch noch Ratschläge an die für Bildungsfragen zuständigen Politiker zu geben. Weißt du noch die drei Reizwörter?"

„So eine Gemeinheit kann man doch nicht vergessen. Wir EU-Bürger waren also entweder *established*, *crowd* oder *precariat*. Die deutsche Übersetzung ‚die Etablierten, die Menge und das Prekariat' hatte sich nicht durchgesetzt. Für alle gab es Regeln und Empfehlungen, auch für mögliche Übergänge von einer Schicht in die andere. So hat mich schon damals interessiert, wie ich als *precariat* – so ich denn einer bin oder vielleicht einmal werden würde – mindestens wieder zu den *crowds* aufschließen könnte. Man kann ja nie wissen!"

„Besonders schlimm war, dass jeder glaubte sofort zu wissen, wie sich diese drei Schichten voneinander abgrenzten. Klar, die Etablierten, die Firmen- und Depotbesitzer, die Manager und Professoren, viele Freiberufler und sonst wie Erfolgreiche gehörten dazu. Aber die Abgrenzung zu den *crowds* war nicht immer scharf. Du hast dich ja immer für die *precariats* interessiert, stimmt's?"

Peter nickte. Die *precariats*, das Prekariat, die sich andauernd in einer prekären Situation befindenden, waren die Verlierer, die alleinerziehenden Mütter, die Arbeitslosen und Geringbezahlten, die meisten der Rentner. Alle die, wie er es schon einmal aus dem *establishment* perfide herausgehört hatte, die „ihre Chancen schlecht genutzt" hatten. Die meisten mussten von der Allgemeinheit alimentiert werden. Irgendwie hatte man ihnen den Schneid abgekauft, einmal auf die Barrikaden zu gehen, zu demonstrieren, zu protestieren.

Peter hatte noch im Studium wie viele seiner Kommilitonen David Riesmans Buch ‚The Lonely Crowd' aufmerksam gelesen und fand die jetzige Entwicklung dort bereits sauber vorgezeichnet. Die *crowds* sind darauf trainiert, über die Medien fremdbestimmt zu sein, was für die *precariats* erst recht gilt. Sie waren voll in der Hand der werbefinanzierten Medien, bezogen zu einem leider sehr großen Teil auch ihre Meinungen aus diesen Quellen. So erzieht und prägt man ideale Kunden und Wähler, denen man ihre Entscheidungsfreiheit nur vorgaukelte, die man aber mit gut getarnten Psychotricks nahezu beliebig beeinflussen konnte.

Im Gegensatz dazu waren die *established* mehrheitlich innengeleitet, bestimmten also selber, was und wo sie kauften. Ihre Kinder besuchten die privaten und teuren Gymnasien und Internate, die auch von der öffentlichen Hand gefördert wurden, weil dies der „Wettbewerb mit den aggressiven Asiaten" fordert. Eliteorientierung, Förderung der Besten und Selektion waren die Schlagwörter. Man hatte auch die ‚Zweiten Bildungswege' nicht vergessen, über die man Spätzünder aus allen Lagern auffangen, also retten konnte. Fast alle *established* waren Mitglied in mindestens einem Club. Rotary, Lions und die Schlaraffen waren aus alten Zeiten „herübergewachsen", beliebt waren spezielle kulturfördernde Clubs wie z. B. das „Deutsch-Französische-Literaturforum DFL", in dem auf hohem Niveau Villon, Rimbaud, aber auch Wedekind, Tucholsky und Kästner rezitiert und diskutiert wurden. Peter war Mitglied und erhielt eines Tages ein E-Mail von einem Herrn Wallenberg aus Schweden mit der Frage ob man nicht die durch widrige Umstände verwaiste "Bellman Society" in den DFL aufnehmen könne. Da war zuschlagen angesagt: Einmal war der schwedische Rokokopoet Carl Michael Bellman in Schweden, Deutschland und England noch nicht vergessen worden, vor allem roch alleine schon der Name Wallenberg nach viel Geld. Eigentlich war man ja immer auf Sponsorensuche. Peter hatte schon von so manchem Clubuntergang gehört und zusehen müssen, wie dabei u. U. jahrhundertealtes Kulturgut unwiederbringlich unterging. Dies alles interessierte die EU-Regierung nicht im Geringsten, Kulturförderung lag eben ausschließlich in der Hand der Clubs, wurde also als Privatsache gewertet. Es bestand durchaus ein Wettbewerb um die besten Themen und Akteure – und Sponsoren.

Peter ergänzte: „Es gab nur noch wenige Schauspiel-, Konzert- und Opernhäuser. Die überlebt hatten, waren in der Hand von gut betuchten Sponsoren, also Mitgliedern der *established*. So wurde der größte Teil der abendländischen Kultur, die ja einmal als Gut für alle gedacht war, faktisches Eigentum der *established*."

Nele wiegte ihren Kopf: „Wenn man diese Entwicklung im historischen Rahmen betrachtet, kommt die große Kunst wieder dahin, wo sie im 18. Jahrhundert fest verankert war: Zum Adel und dem Bürgertum, den damaligen *established*."

Nele musste unbedingt noch etwas Gutes hervorheben: „Im *establishment* entstand eine quirlige Laienkultur für Musik, Dichtung, Chanson. Viele Mitglieder dieser Schicht und nicht ausgelastete Familienangehörige benötigten als Ausgleich zu ihrem Job eine kreative Aktivität, die sie von anderen Gruppierungen und vor allem von der meist seichten Unterhaltung der *crowds* unterschied. Von Spirituals über Orff, den Bachkantaten bis zur Gregorianik war alles zu finden, was Freude und Eindruck macht."

„Erinnerst du dich noch an das in unserer Schülerzeit so heißgeliebte Buch „Schöne neue Welt" von Aldous Huxley. Sind wir nicht auf dem besten oder richtiger gesagt, dem schlechtesten Weg dorthin? Sind die *established* nicht die Alphas und Betas, die *crowds* geben dann die Gammas ab usw. Das Privatfernsehen ist die Vorstufe des ‚Fühlkinos' und als Ersatz für die Droge ‚Soma' findet sich sicher auch noch eine Analogie. Aber wir haben Dinge erfunden, von denen selbst Huxley noch nicht einmal träumen konnte: Smartphones mit virtueller Brille, kurz *smartglasses* genannt. Hervorgegangen aus den Geräten für die *virtual reality* Ende der Zehnerjahre bestimmen sie den Alltag vor allem der *crowds* und *precariats*. Man sah vor allem Teenies und Twens in den Zehnerjahren nur noch mit dem Smartphone in einer

Hand über Straßen und Zebrastreifen oder durch dichteste
Menschenansammlungen laufen. Irgendwann wurde dies
selbst den Dümmsten auf die Dauer zu dumm und man
erfand diese *smartglasses*. Jetzt endlich waren beide Hände
wieder frei - aber leider nicht mehr beide Augen. Fast alle
Großstädte verfügten über Leitsysteme, die Fußgängern
sogar beim Straßenüberqueren assistieren. Der Knüller: Der
bequemste Weg von irgendeinem beliebigen Ort z. B. zur
Veranstaltung eines Popkonzerts, zu einem Einkaufszen-
trum oder wenn nötig auch nach Hause wird zentral festgestellt und via *smartglasses* mitgeteilt."

„Hör auf, ich muss gleich kotzen!" stoppte Nele diesen
deprimierenden Gedankenzug, „Huxley musste damals
noch das menschliche Erbgut verändern, heute reicht eine
konsequente Sozialisation und massenweises Dummhalten
für ähnliche Effekte. Aber sei doch einmal ehrlich, hatten wir
das beschriebene Dreischichtensystem nicht auch schon seit
den achtziger Jahren des vergangenen Jahrhunderts in den
USA? Man nannte das nur nicht so deutlich. Das Wirt-
schaftssystem der US-Amerikaner wurde von ihnen selbst
als *praedatory capitalism*, als Raubtierkapitalismus, bezeichnet. Bei genauem Hinschauen wird klar: Diese Wirtschafts-
form und eine ähnlich wirkende Staatsorganisation passt
optimal auf den *homo carnivorus*!"

Staatsform für Raubtiere

Das war eines von Neles Lieblingsthemen:

„Fassen wir einmal zusammen: Welche Staatsform passt
zum *homo carnivorus*? Die USA haben es uns vorgemacht: der
Raubtierkapitalismus,   das   Dummhalten   breiter   Bevöl-

kerungsschichten, starke Sozialisierung auf das US-amerikanische Wertesystem und die *established* haben in Sachen
Geld und Bildung alle Freiheiten. Ein Zwei-Parteiensystem
mit zwei konservativ ausgerichteten Parteien schützt vor
linken oder allzu liberalen Experimenten. Die *established,*
teilweise hochgebildet, besitzen Kapital, treffen im Hintergrund alle politischen Entscheidungen und sind ausgespro-
chen elitebewusst. Untereinander sind sie vergleichsweise
tolerant, man darf sogar Atheist sein. Die *crowds* umfassen
über drei Viertel der Bevölkerung, sind konsumorientiert,
gehören sehr häufig einer Kirche oder Sekte an und verstehen unter Kultur im Wesentlichen nur das, was über die von
den *established* gelenkten Medien verbreitet wird. Es entsteht
eine Art Spießbürgertum, das sich alle fünf Jahre zu einer
politischen Scheinwahl trifft und über die Medien wirkungs-
voll beeinflussen lässt. Die zur Wahl stehenden beiden konservativen Parteien unterscheiden sich nur geringfügig, können sich jedoch gigantische und publikumswirksam ausge-
tragene Schaukämpfe liefern.

Peter mit einer Suggestivfrage:

„Du musst doch zugeben: An keiner wichtigen Ecke
unserer Erde finden wir etwas anderes als auf Raubtier-
untertanen optimierte Herrschaftsformen! Schau dir doch
mal einige an: Nimm China: Es hat aus dem Kommunismus
von Mao und Marx einen *praedatory capitalism* par excellence
gemacht. Bürgerrechte sind immer noch kleingeschrieben.
Nimm Russland: Wie alle Diktaturen stabil und wenig
human. Nimm den Nahen Osten: Er konnte nach dem Zu-
sammenbruch der öffentlichen Ordnung Ende der 10er Jahre
auch nur als Sammlung mehr oder weniger verfeindeter
Diktaturen wahrgenommen werden. Nimm Afrika: Immer

noch zum Heulen. Bedenke: Bildung ist weltweit gesehen Mangelware. Mit Ungebildeten funktioniert Demokratie nie, da passen Oligarchie oder Diktatur besser."

Nele fragte, was er ihr damit sagen wolle.

„Allen weisen und humanistischen Ideen zum Trotze haben sich die Menschen immer die Staatsform geschaffen, in der zu leben sie gerade imstande waren. Hauptsache, die *crowds* hatten immer einen Anführer in Reichweite und damit jemanden, dem sie am liebsten bedingungs- und hemmungslos folgen konnten."

Ist das

Europas Ende?

Natürlich nicht. Seine halbe Milliarde Bewohner spielt nach wie vor im Erdgeschehen eine angemessene Rolle. Aber ihre Spielregeln sind nicht die, welche einige geschichtsbewusste Genies vor fast 100 Jahren auf der Basis eines humanistischen und offenen Weltbildes für Europa definiert hatten. Diese wussten noch um die über zweitausendjährige Geschichte, in der die Söhne und Töchter Europas phantastische Kunstwerke und großartige Wissenschaften schufen. Sie wussten um die leicht störbare Kulturschale, aus der die Menschen immer wieder in den Steinzeitmodus oder, schlimmer noch, in die Barbarei zurückfallen. Sie wussten: Die Menschen hier haben sich immer wieder auch von den schlimmsten Schrecken erholt.

Sie schufen Europa und übersahen, dass der Humanismus nur mit Einschränkungen zum *homo carnivorus* passt. Und der dominiert nun einmal die Welt. Auch da hatte Karl Marx Recht: Die Philosophie kann die Welt nicht verändern.

Nele und Peter saßen immer noch auf ihrer Terrasse. „Waren wir in Straßburg zu idealistisch, zu träumerisch, zu romantisch?" fragte Nele und schaute Peter mit tiefem Blick an. „Was haben wir denn falsch gemacht?"

„Nichts, gar nichts. Wir dachten genauso, wie die meisten anderen auch. Aber spätestens mit dem Eintritt der Ostländer war es mit der idealisierenden Romantik vorbei, wie es die extrem unterschiedlichen Auffassungen zur Lösung des Flüchtlingsproblems überdeutlich gezeigt haben. Das hätten wir merken müssen. Es entstand eine große Unsicherheit und bezüglich der Entscheidungen eine lähmende Verzagtheit. Wir hätten für unsere Ideen kämpfen müssen. Man hätte Milliarden von Euro in die Bildung aller Europäer stecken müssen, damit auch der letzte Kaminhocker begreift, welches großartige aber auch sensible Gebilde hier auf den Trümmern der Vergangenheit heraus geschaffen wurde. Denn: Wie will man kämpfen, wenn die einzige Waffe ‚Vernunft' heißt und der Gegner zu kleine Ohren, ja, zu wenig Verstand hat?"

„Und was ist mit unserem ‚Raubtierkern', den wir ja als die Hauptbürde unseres Charakters ausgemacht haben?" wollte Nele wissen.

„Das Thema gehört einfach allen Entscheidern mit doppelter und dreifacher Kopie ins Gehirn gehämmert. Das wäre die große Kunst der Alltagsdiplomatie, auf der einen Seite für eine Gesellschaft der Menschenrechte, des Gemeinsinns, der ‚Freiheit, Gleichheit, Brüderlichkeit' zu plädieren, auf der anderen Seite wirksame Sanktionen - und nur auf so etwas reagieren Raubtiere nachhaltig - bei ernsten Verstößen gegen die Europäische Charta durchzusetzen und in einem

angemessenen Umfang auch Verständnis dafür aufzu-
bringen, dass immer ein größerer Teil der Gesellschaft mit
dem Akzeptieren unbequemer Maßnahmen hinterher-
hinkt."

„Fallen dir da griffige Beispiele ein?"

„Nimm das Gebot zum Laizismus. Wir alle wissen: Nur
in einem laizistischen Staat oder Staatenverbund kann eine
echte Religionsfreiheit Wirklichkeit werden, eine Religionsfreiheit, die Andersdenkende toleriert und jeden Ausschließlichkeitsanspruch im Keim ersticken lässt. Jetzt stelle
dir die Probleme vor, die beispielsweise Polen als erzkatho-
lisches Land mit solchen Forderungen immer noch hat. Da
ist Diplomatie ohne faule Kompromissbereitschaft gefragt.
Vielleicht hätte in einigen Fällen ein deutlicher Hinweis auf
das Elend der europäischen Kriege vor 1945 ausgereicht."

Aber diese Chancen hatte man Ende der 10er Jahre in Brüssel
und in den meisten europäischen Hauptstätten verpasst.

Ein schmerzlicher Ausklang.

Ein trauriges Ende für ein Zukunftsmärchen. Da haben wir mit einem gigantischen Aufwand an Mitteln und Ideen an einem Europa der Menschenrechte und des Humanismus gearbeitet und was dabei herauskommt, ist nichts anderes als der oft beschworene 'american way of life' mit gewissen europäischen Verzierungen.

Als euer roter Faden muss ich mich ja aus der Meinungsbildung heraushalten. Aber, egal welches der beiden Zukunftsmärchen euch gefällt – besser gefragt: weniger nicht gefällt - oder ob ihr, so hoffe ich doch inbrünstig, dass ihr euch noch weitere Märchen ausspinnen wollt: Wenn ihr Europa im Sinne der Urväter nicht aufgeben wollt, dann müsst ihr lernen zu kämpfen. Kämpfen für die Ideen, für die Menschenrechte, für den Humanismus. Und kämpft mit euch selber, damit ihr die Kraft aufbringt, eure Abgeordneten und Mandatsträger auch dann voll zu unterstützen, wenn eure Partikularinteressen etwas anderes signalisieren. Das gehört unabtrennbar zur Demokratie: Haben wir uns einmal zwischen unterschiedlichen Theorien, Parteien oder Personen per Abstimmung entschieden, dann müssen alle, auch die scheinbaren Verlierer, bedingungslos dahinter stehen und gemeinsam der Sache zum Erfolg verhelfen. Und begreift: Der homo carnivorus ist nur durch eine aktiv geformte und verteidigte Kulturschicht um seine unverschuldete Steinzeitprägung herum überlebensfähig.

Nun noch eine letzte kurze Reise auf einen anderen, weit entfernten Planeten. Wir knüpfen an die Geschichte von „Der Spott der Weltgeister" an und befinden uns fast wieder in unserer Zeit. Wir treffen fast alle Personen: Nele, Peter, Fritz und Bülent.

VIII - Im Elysium

Nele, die Ingenieurin, Peter, der Redakteur und Fritz, der Lehrer kannten sich schon von der Schulzeit her und hatten es geschafft, trotz berufsbedingter Umwege den Kontakt untereinander nicht abreißen zu lassen. Jetzt lebten sie wieder in der Stadt des gemeinsamen Schulbesuchs und trafen sich regelmäßig in einer gemütlichen Kneipe zum Dämmerschoppen. Hin und wieder kam auch der Arzt Dr. Bülent Tarek dazu. Den hatte Peter einmal mitgebracht und alle waren froh über diese Erweiterung ihres kleinen Klubs.

Manchmal rundete ein Kinobesuch ihr Treffen ab.

Beethovens Neunte

Dieses Mal war es anders. Sie hatten sich einen lang ersehnten Wunsch erfüllt und gemeinsam Beethovens Neunte Symphonie im Nationaltheater erlebt. Noch durchdrungen vom Hochgefühl des Erlebten verkrochen sie sich zum „Nachsitzen" in eine gemütliche Ecke ihres Stammlokals. Sie ließen dieses Werk der beiden Giganten Beethoven und Schiller noch einmal auf sich einwirken.

Sie schwiegen noch, als die Kellnerin den Wein servierte. Der Grauburgunder schimmerte einladend, sie prosteten sich dezent zu und genossen den ersten Schluck. Im Hinter-

grund berichtete leise ein Nachrichtensprecher vom glimpf-
lichen Ausgang eines Anschlags und verbreitete sich,
scheinbar unbewegt, über die möglichen Folgen. Peter
zuckte zusammen und sang leise, nur für die vier am Tisch:
„O Freunde, nicht diese Töne!
sondern lasst uns angenehmere anstimmen,
und freudenvollere."
Nele, Bülent und Fritz schauten beeindruckt von ihren
Gläsern auf und antworteten, ebenfalls leise und melodisch:
„Freude schöner Götterfunken,
Tochter aus Elysium!
Wir betreten feuertrunken,
Himmlische, dein Heiligtum!"
Sie schauten sich eine Weile an. Dann deutete Peter auf
die Nachrichtenquelle im Nebenraum des Lokals und es
platzte aus ihm heraus:
„Wieso lassen wir uns diese unangenehmen Töne in täg-
licher Dauerberieselung eigentlich gefallen? Habt ihr je in
den Nachrichten einmal etwas Angenehmes oder Erbauliches vernommen? Wir nehmen die größten Sauereien des
Weltgeschehens zur Kenntnis und machen uns über sie auch
noch unnötige Gedanken, obwohl wir doch nichts davon
gestalten können!"
Nele beschwichtigend: „Du hast ja recht, aber lass' mich
bitte in meiner Beethoven-Stimmung. Dein sicher spannen-
des Thema können wir ja gerne ein andermal durchwalken,
aber nicht jetzt, wo ich noch tief von dieser herrlichen Aufführung beeindruckt bin!"
Fritz: "Wahrscheinlich habt ihr beide recht. Beethoven
befand sich wohl auch in einer kritischen Stimmungslage,
aus der er irgendwie herauskommen wollte und ‚Freude' als

die Problemlösung angesehen hat. Wo bei unserer aktuellen Nachrichtenlage allerdings der freudige Gegenpol liegen soll, weiß ich auch nicht. Lassen wir's, nicht nur Nele zuliebe!"

Sie schwiegen noch eine Weile weiter, nippten an den Gläsern und bestellten sich eine der zahlreichen, verführerischen Kleinigkeiten aus der heimischen Küche.

Die Katastrophe

Von der Detonation bekamen sie nichts mit. Ihr Stammlokal lag in Trümmern, und das Haus drohte einzustürzen. Rettungsdienste verrichteten ihr trauriges Werk. In der Tagesschau des Fernsehens wird es später heißen, ein noch unbekannter Attentäter habe sich vor einem Lokal in der Innenstadt mit einer gewaltigen Sprengladung in die Luft gejagt. Mindestens 20 Menschen hätten dabei den Tod gefunden und die näheren Umstände der Tat seien noch nicht bekannt. Ein paar Tage später werden die Nachrichten verkünden, ein vermutlich geistesgestörter Mann aus Afghanistan habe aus Hass auf den Lebensstil der Einheimischen und aus Frust über seine unbefriedigende Lebensperspektive seinem Leben ein Ende bereitet und möglichst viele der ihm verhassten Deutschen dabei mitnehmen wollen. Diese Details seien aus den in seiner Wohnung gefundenen Skizzen und einigen seiner E-Mails hervorgegangen.

EVO hatte diesen Schicksalsschlag mitbekommen. Nele, Peter, Bülent und Fritz tot! Er sah es und konnte nichts machen. Gerne hätte er den vieren eine ,freudenvolle' Nachricht zukommen lassen, so wie sie es sich sicher von Herzen gewünscht hätten. Aber die selbstgesetzten Spielregeln der

Weltgeister verboten dies: Keine Einmischung in das Leben irgendwelcher Geschöpfe im Weltall.

Da fiel ihm ein: Er verfügte ja doch über eine Möglichkeit, die er in ähnlicher Form schon einmal bei Nele ausprobiert hatte.

Mal sehen, was daraus wird.

Irgendwo ...

Die vier Freunde stolperten über einen üppig bewachsenen Waldboden:

„Peter und Fritz, wo sind wir hier? Was ist passiert?"

„Nele, wir wissen es auch nicht. Eben saßen wir noch in unserer Kneipe und jetzt befinden wir uns in einer fremden Umgebung. Vieles, was ich erkennen kann, erscheint mir so sonderbar vertraut und gleichzeitig völlig andersartig zu sein. Vielleicht ist es das uns oft versprochene Paradies, denn wie in einer Hölle sieht es hier nicht aus!"

„Dann sind wir also auf der Erde umgekommen?"

„Scheint so! Ihr erinnert euch an die bemerkenswerte Aufführung der Neunten und unser kurzes Zusammensein in unserer Stammkneipe. Ich regte mich da über diesen dämlichen Nachrichtensprecher und seine immer schlechter werdenden Verkündigungen auf. Dann ist mein Faden gerissen. Wie wir gestorben sind, entzieht sich meiner Kenntnis. Da es uns alle vier getroffen hat, kommt ja nur ein Unglück oder ein Mordanschlag infrage."

„Das ist ja Wahnsinn, da hatte ich gerade leise ‚*Wir betreten feuertrunken, Himmlische, dein Heiligtum!*' angestimmt und jetzt stehen wir hier in einer friedlich aussehenden Welt. Ist dies das ‚Elysium', die Insel der Seligen,

wohin die Götter der alten Griechen ihre Lieblinge trans-
ferierten oder ihnen gar die Unsterblichkeit bescherten?"

Peter lächelte. Ihm war klar: Er hatte die ganze Situation
noch nicht im Geringsten begriffen.

Sie schauten sich um. Um sie herum ein lockerer, nicht
sehr dichter Urwald. Lianen umrankten hohe Bäume, den
Boden bedeckten weitausladende Farne. Zwischendurch
einige großblättrige Blüten, auf denen Insekten hocken.

Peter bemerkte eine gepflasterte Straße, also musste es
hier eine Zivilisation geben. Gespannt auf das, was ihnen
jetzt bevorstand, machten sie sich auf den Weg, immer
dieser Straße entlang. Mit irdischer Ängstlichkeit schauten
sie sich alles ungewöhnlich Erscheinende genau an, und da
gab es wahrlich viel zu sehen.

Der türkisfarbige Himmel über ihnen wurde von ge-
mächlich dahinziehenden weißen Wolken unterbrochen.
Auch dieses Bild erschien ihnen vertraut und fremd zu-
gleich. Viele der Pflanzen und Steine, auch die Landschaft
ähneln doch denen der Erde. Die Farben erschienen anders
als auf der Erde: Weniger grell, mehr Aquarell als Öl-
gemälde.

Nach einigen hundert Metern kamen ihnen Gestalten
entgegen: Etwas kleiner als sie, schlank und ohne Kleidung.
Ein kurzes rotbraunes Fell schützte sie wohl ausreichend vor
Schwankungen der Umgebungstemperatur und den Einwir-
kungen ihrer Sonne. Es gab - wieder wie auf der Erde – zwei
unterschiedlich geformte Körper, wie Bülent mit anatomisch
geschultem Blick schnell feststellte. Waren das wie bei uns
zwei Geschlechter? Aber das war im Moment eigentlich uninteressant. Alle trugen auffällige, bunte Schmuckketten. Sie

gingen barfuß. Irgendetwas war an ihren Füßen und Händen anders als bei uns Menschen, dann mussten sie lachen: Wie bei den meisten Walt-Disney-Trickfiguren hatten sie an den Extremitäten je nur vier Finger und Zehen. Das Gesicht ähnelte dem unserer Primaten, auffallend die großen, ausdrucksvollen Augen. Die Ohren hatten ungefähr die gleiche Position wie bei uns Menschen, schienen jedoch sensibler zu sein: Größer und beweglich. Die Gestalten reagierten nicht, als wir unmittelbar an ihnen vorbei oder besser gesagt durch sie hindurchgingen. Sie konnten uns offensichtlich nicht wahrnehmen.

Peter erinnerte sich an eine hier sehr gut passende Erzählung von Jean-Paul Sartre. Merkwürdige Menschen trafen sich in einer Rue Laguénésie. War die Straße hier *ihre* Rue Laguénésie? Es ärgerte ihn, keine Erinnerung an seine Todesumstände zu haben:

„Wir können in dieser schönen, uns neuen Welt nicht agieren, sondern nur passiv dabei sein, ist euch das klar? Das, was wir von uns sehen, sind nur Fiktionen unserer Körper. Wir werden weder Hunger noch Durst noch Müdigkeit kennen, nichts ertasten, dafür aber sehen und, wie ich vermute, auch hören."

Peters Worte beeindruckten. Sie gingen weiter.

... ertönt Musik

Geräusche hatten sie bereits bei ihrer Ankunft im Urwald vernommen. Zirpende Insekten, das Rauschen der Blätter und singende Vögel. Plötzlich mischte sich ein leises, harmonisch klingendes Geräusch dazu. Neugierig steuerten sie auf die Quelle dieser Töne hin, vorbei an kleinen Häusern und den immer zahlreicher werdenden Gestalten. Am Ende der Straße ein freier Platz und viele der Gestalten hatten sich zu einem großen Kreis versammelt. Die meisten hielten Instrumente in ihren Händen, ähnlich unseren Lauten, Schalmeien, Flöten und Hörnern. Die Rhythmusinstrumente sahen ähnlich aus wie unsere Trommeln und Tamburine. Damit erzeugten sie eine wohlklingende Musik. Unsere vier Eindringlinge hörten eine Weile gespannt zu, denn so etwas hatten sie hier nicht erwartet.

Aber das Schönste war ihr Gesang. Sie sangen in einer fremden, vokalreichen Sprache. Die Töne, Akkorde und Melodien waren denen auf der Erde sehr ähnlich. Was am meisten berührte: Die Lieder wirkten auf die Vier wie klanggewordene Emotionen, beeinflussten augenblicklich die Stimmung, gingen ohne Umwege direkt ins Herz.

Fritz fiel auf: „Die haben ja gar kein Publikum!"

Neles Antwort kam sofort: „Die sind ihr eigenes Publikum, denn hier musizieren alle! Hier ist Musik und Musizieren kein aus der Reihe fallendes Ereignis, hier ist das Alltag und – im guten Sinne – wohl auch Routine."

Langsam wandelten sie weiter und Nele wunderte sich:

„Gibt es hier keine Autos und Flugzeuge? Sind wir hier in einer reinen Wohngegend oder haben die keine Fabriken und Bürotürme? "

Dann fanden sie eine Antwort. Sie kamen an einer fußballfeldgroßen Plantage vorbei, wo unter Glasdächern allerlei Obst und Gemüse heranwuchs. Die Ernte ging ohne Maschinen vonstatten, zu sehen waren lediglich Transportwagen und Gartengeräte, ähnlich denen auf der Erde. Es gab Werkzeuge aus Metall, also wurde auch Erz bearbeitet.

„Ich hab's" rief Nele plötzlich den anderen zu: „Erinnert ihr euch an den Traum, den ich Euch vor langer Zeit einmal

geschildert hatte. Darin erklärten mir die zwei Weltgeister
MAT und EVO das Universum und sprachen auch von
einem erdähnlichen Planeten in einer weit entfernten
Galaxie. Sie hatten diesen Planeten Hathor genannt und
kurz seine Bevölkerung beschrieben, die zwar äußerlich der
unsrigen auf der Erde recht ähnlich sei, aber viele unserer
Probleme nicht kennen, weil sie nicht von Raubtieren sondern von friedlichen Pflanzenfressern abstammten. Sie hatten keine Religionen oder andere Herrschaftsinstrumente
entwickelt. Ihrer Abstammung entsprechend lebten sie
friedlich und vor allem in Einklang mit ihrer Umwelt, dem
Planeten Hathor. Und EVO sprach noch von der Bedeutung
der Musik für die Hathorier, sie bildete den emotionalen Kitt
für das konfliktarme Zusammenleben. Ich bin mir sicher:
Wir sind hier auf dem Planeten Hathor!"

Ein Leben ohne Kriege

Fritz kapierte: „Mit Heraklits These, der Krieg sei der
Vater aller Dinge, sehe ich hier vieles klarer. Wenn die
Hathorier keinen Krieg kennen, kennen sie auch keine
Kriegstechnologie und all das, was in deren Umfeld erforderlich ist. Würde mich nicht wundern, wenn sie auch keine
Computer entwickelt haben – wozu auch? Oder habt ihr hier
jemanden mit einem Smartphone in der Hand herumstol-
pern sehen? Für ihre rein agrarische Lebensweise als Vegetarier benötigen sie keine waffenähnlichen Geräte und Maschinen. Wetten, die hier kommen auch ohne Betriebswirt-
schaftler aus! Wenn man Gemüse nur zur Ernährung und
nicht zur Befriedigung des Gewinnstrebens anbaut, dann
reicht der gesunde Menschenverstand, pardon, Hatho-
rierverstand, aus, um die Einnahmen und Ausgaben im Griff

zu behalten. Ich spinne mal weiter: Wozu benötigt man Banken, wenn man Geschäfte nur im Kleinen betreibt: ‚Ich kaufe
bei dir Gemüse und beim Nachbarn eine neue Flöte, du
kaufst bei mir einen Spaten und eine Transportkarre für
deine Waren'. Eine glückliche Welt, die vielleicht auch ohne
Geld auskommt!"

Nele dachte über das Gesundheitswesen der Hathorier
nach. Vermutlich heilt man nur das, was mit pflanzlichen
Mitteln heilbar ist. Waren sie vielleicht wesentlich weniger
krank als wir Menschen auf der Erde? Nele wusste von
einigen Gegenden auf der Erde mit uralten Bewohnern und
deutlich weniger Krankheiten. Das wird wohl auch hier so
sein. Ob sie wohl auch operieren? Können sie Prothesen
anfertigen oder neue Hüftgelenke? Nutzen sie Schmerz-
mittel bei Arthrose und was ist mit ihren Zähnen? Fragen
über Fragen, die sie nie stellen, sondern nur mit etwas Glück
nach entsprechenden Beobachtungen selbst für sich beant-
worten können.

„Da hat uns wohl einer deiner Weltgeister direkt nach
unserem irdischen Tod auf diesen Planeten Hathor *gebeamt*.
Warum wohl?" fragte Fritz in die kleine Runde, „was ist an
uns so Besonderes?"

Nele: „Ich kann nur raten. Die Weltgeister kannten genau
unsere irdischen Probleme und wollten wenigstens für unsere kleine Runde einmal zeigen, wie irgendwo im großen,
weiten Universum die Evolution auch einmal etwas Kon-
fliktarmes zuwege gebracht hat. Warum es u n s traf? Weil
EVO irgendwie von uns wusste – vielleicht hatte er bei Neles
alten Traum seine Finger im Spiel - und weil er, obwohl nach
eigenem Bekunden weitgehend unmusikalisch, uns die
„Freude, schöner Götterfunken" zuteilwerden lassen wollte.

Nele hatte noch einen Wunsch: „Bülent, du hast doch sicher eine Anekdote eures Nasreddin Hodscha parat, die zu unserer Situation passt?"

„Erstaunlich, wie du in unserer ausweglosen Situation noch den Humor aufbringen kannst, an Nasreddin zu denken. Aber dir zuliebe versuche ich es trotz allem. Aber etwas richtig Passendes gibt es wahrscheinlich gar nicht."

Er legte los:

„Nasreddin setzte als Fährmann einen Passagier über ein stürmisches Wasser. Als dieser etwas sagte, das grammatikalisch falsch war, fragte ihn der Hodscha: ,Haben Sie denn nie Grammatik studiert?'

,Nein.'

,Dann haben sie die Hälfte Ihres Lebens verschwendet!'

Wenige Minuten später drehte sich Nasreddin zu seinem Passagier um:

,Haben Sie jemals schwimmen gelernt?'

,Nein. Warum?'

,Dann war Ihr *ganzes* Leben verschwendet - wir sinken nämlich!'"

„Und was will uns Nasreddin Hodscha damit sagen? Ich vermute, durch die Blume!" wollte Nele noch wissen.

„Das meiste, was wir auf unserer Erde einmal mühevoll gelernt und meistens wohl auch begriffen haben, hat hier auf Hathor keinen Wert mehr. Könnten wir hier so richtig leben, kämen wir mit viel weniger Wissen sehr gut zurecht – alles andere wäre reine Verschwendung und Ablenkung vom Wesentlichen!"

„Und was machen wir jetzt hier?" fragte Fritz ängstlich,
„Bleiben wir jetzt für alle Ewigkeit bei diesen netten Hathoriern, mit denen wir nicht sprechen können? Wir hören deren
wundervolle Musik, ohne jemals mitmachen zu können?"

„Sei zufrieden" sagte Nele, „ohne diesen himmlischen
Ausflug hätten wir nie erfahren, wie schön
und freudenvoll Leben sein kann.
Uns hatte es auf der Erde böse
erwischt und nun müssen wir
die permanente Freude mit
immerwährender
Tatenlosigkeit
bezahlen. Denkt
an die üblere
Alternative:
Das ewige
Nichts!"

Ω

Des roten Fadens Schlusswort

So, nach über 180 Seiten ist der Schreiber am Ende dessen, was er Ihnen mitteilen möchte. Zu wenig? Sie fühlen sich erst ab 300 Seiten so richtig gefordert? Mein Ratschlag: Lesen sie dieses Buch doch einfach noch einmal. Wetten, dass sie auf das eine oder andere Überlesene stoßen?

Aber auch dann, wenn sie dieses Buch mehrfach lesen, bleibt die Erkenntnis: „Im Elysium" ist ein phantastisches, trauriges und nachdenklich stimmendes Finale, sind doch die unwirklichen Erlebnisse auf Hathor kein richtiges Happy End. Es fehlt eine Quintessenz, ein Ausblick.

Der Schreiber hat acht Geschichten verfasst, in denen er die Erlebnisse seiner vier Protagonisten erzählt und vor allem auch deren Erkenntnisse expliziert. So nebenbei erklärt er uns mit einfachen und oft auch stark vereinfachenden Mitteln die Welt, in die wir hineingeboren wurden. Jede der Geschichten hat ein Problemthema, aber alles steht doch in einem Zusammenhang: Wir leiden unter den Folgen unserer Fress- und Raubtierabstammung und unseres problematischen Gehirnvolumens. Beides hat uns die Evolution beschert, die bekanntlich nur nach Merkmalen wie beste Anpassung und größere physische Stärke selektiert und die sich um Fragen der Moral und des Anstandes keinen Deut schert. Trauriger Gipfel der

Erkenntnisse: Wir Menschen werden nie gewaltfrei agieren können und uns immer wieder – zumindest im Verborgenen – nach einer raubtieroptimalen Gesellschaftsordnung und damit auch Religion sehnen. Hat uns also die Evolution da einen unlösbaren Konflikt zwischen Veranlagung und Einsicht beschert? Befinden wir uns in einer Zwickmühle?

Unsere Art zu wirken hat uns gigantische Umweltprobleme und eine dramatische Überbevölkerung beschert. Unsere Kriegslust ist ungebrochen und man braucht nicht viel Phantasie, um das Ende der Menschheit und unseres ganzen Biotops für eine überschaubare Zeitspanne vorherzusagen. Wir haben also nicht mehr viel Zeit, um die gigantischen aber notwendigen Veränderungen durchzuführen.

Wie kommen wir aus dieser Zwickmühle heraus? Die Evolution kann uns nicht helfen, wir kennen deren Gesetze: Ändern sich die Umweltbedingungen mehr oder weniger dramatisch, dann werden Mutationen entstehen und – falls dabei besser angepasste Wesen erscheinen – werden diese sich gegenüber den Unangepassten durchsetzen. Kann sich irgendeiner vorstellen, dass dieser Prozess friedlich abläuft? Ich nicht! Der Kampf um schwindende Ressourcen will schmerzhaft, ja brutal ausgetragen sein. Und es bleiben die übrig, die infolge ihrer Eigenschaften am längeren Hebel sitzen. Vielleicht entsteht dabei eine noch rabiatere Version des homo carnivorus.

Zu den hier zur Genüge ausgewalzten Eigenschaften des homo carnivorus passt eine echte Demokratie wahrscheinlich nur bedingt: Demokratie bedeutet Volksherrschaft, erfordert Laizismus und ein verhältnismäßig hohes Bildungsniveau der wählenden Bevölkerung, schließlich bildet sie ja den Souverän. Anders ausgedrückt: Eine robuste und großzügig dimensionierte Kulturschale wäre vonnöten. Das ist erdweit in absehbarer Zeit nicht ralisierbar. Die Menschheit kann sich, wenn überhaupt, nur langsam grundlegend verändern, hat aber die dazu erforderliche Zeit wahrscheinlich nicht mehr, weil ihre selbstverursachten Probleme ihren finalen Tribut fordern.

Bleibt also eine bedrückende Erkenntnis: Das Gros der Menschheit lebt in Herrschaftsformen, welche die (a)sozialen Merkmale des homo carnivorus bzw. homo praedator berücksichtigt. Fast problemlos schaffen das zweifellos Diktaturen und Oligarchien. Beispiele: China, Russland und wenn man genauer hinschaut, auch die USA. Letztere haben mit ihrem ‚Drei-Stände-System‘ und dem ‚american way of life‘ eine gegen alle möglichen Einflüsse robuste Ordnung geschaffen und sind ein Musterbeispiel für die Organisationsform ‚Oligarchie‘. Bildung für alle ist hier nicht erforderlich, und die modernen Medien schaffen ein perfektes Herrschaftssystem der Etablierten über den Rest der Bevölkerung. Liberté, Égalité, Fraternité: Absolute Fehlanzeige.

Wie hieß es so schön in Beethovens Neunter: „O Freunde, nicht diese Töne! Sondern lasst uns angenehmere anstimmen, und freudenvollere." Denn es gibt doch noch eine demokratische Auflösung unserer Zwickmühle:

Im Jahre 2017 ist die Europäische Union 60 Jahre alt geworden. Ein Hoch auf die genialen Gründer, denn ihnen sind 60 Jahre Frieden und Prosperität gelungen. Sie haben erdweit die erste übernationale Gemeinschaft gestaltet, in der die Menschenrechte, viel Gemeinsinn und Freiheit, Gleichheit, Brüderlichkeit in einem in der Geschichte der Menschheit einmaligem Umfang verwirklicht worden sind und in der wichtige Entscheidungen und Gesetze demokratisch entstehen. Europas Bürger haben sich inzwischen so an diesen Zustand gewöhnt, dass sie die Gefahren für die Stabilität dieses Systems gar nicht mehr wahrnehmen. Zugegeben: Die EU zeigt sich oft als sehr langsam in den Entscheidungsprozessen, wirkt auf die meisten der Mitbürger als zu bürokratisch und wird leider nicht von allen so richtig geliebt. Sie spricht unsere positiven Emotionen zu wenig an. Woran liegt das? Die EU hat bisher nicht ausreichend auf ihre friedensstiftende Wirkung und ihre Einmaligkeit im Verlauf der europäischen Geschichte hingewiesen – womit wir wieder beim Thema Bildung sind.

Also liebe europäische Volksvertreter in Brüssel: Macht euch ran an eine großangelegte und dauerhafte Sympathiewerbung für das Kostbarste, was auf europäischem Boden je entstanden ist. Dazu müssen wir alle mitziehen und helfen, damit die hier geschilderten Utopien oder noch Schlimmeres nicht Wirklichkeit werden.

Wie verabschiedet sich ein roter Faden?

„Servus!"*

*Ihr Diener

Dank

Einige meiner Freunde haben im Manuskript kritisch nach Missverständlichkeiten und Schreibfehlern gesucht und sind auch fündig geworden. Ein besonders herzliches Dankeschön an U.U., E. U. auch U. P. gab einige wichtige Hinweise.

Bildnachweise

Bilder zu den Kapiteln. I, V und VIII: pixabay
Bilder zu den Kapiteln II, III, IV, VI und VII: Verfasser
Umschlag vorne: Wasserspeier, Foto: Verfasser

Vom gleichen Verfasser im gleichen Verlag:
DAS ERBE DER TRUGBILDER – WIE GÖTTER, GEISTER
UND GEBOTE ENTSTANDEN SIND. 2. AUFLAGE

Pius Ehrenfeld

Das Erbe der Trug-bilder

Wie Götter, Geister und Gebote entstanden sind

2. Auflage

Die Erfindung der Götter oder: Wie der Mensch vergeblich versucht, sich vor sich selbst zu schützen. Eine leicht polemische Betrachtung für Zweifler, Freigeister, und Ungläubige.

ISBN:

978-3-7323-3297-7 (Paperback) 8,50 €

978-3-7323-3601-2 (Hardcover) 16,00 €

978-3-7323-3602-9 (e-Book) 4,00 €

tredition

Werke wie die Bibel sind von Menschenhand verfasst und beschreiben die Welt oft sehr fehlerhaft aus dem Augenschein ihrer Entstehungszeit heraus. Bezogen auf das Tatsächliche erzeugt das Augenscheinliche viele Trugbilder, aus denen sich kaum ein vernünftiger Verhaltenscodex für die Menschen und erst recht keine naturwissenschaftlichen Erkenntnisse gewinnen lassen. Denkverbote verhinderten eine kritische Auseinandersetzung mit diesen Texten.

Viele Probleme unserer Zeit wie die durchaus noch zunehmende Wissenschaftsfeindlichkeit, die Benachteiligung der Frauen, der Missbrauch von Sozialisation und Spiritualität, die Missachtung der Gesetze der Evolution und die unzureichende Bekämpfung von Dummheit sind ein Erbe dieser Trugbilder.

Zeitfracht Medien GmbH
Ferdinand-Jühlke-Straße 7
99095 Erfurt, Deutschland
produktsicherheit@kolibri360.de